JN095584

芸能界

SHOWBIZ

染井為人

SOMEI TAMEHITO

光文社

芸能界

装幀　泉沢光雄

装画　田中寛崇

目　次

クランク
アップ

1

「これ、うちの事務所にダマにしてもらえません？」

唇の前で人差し指を立てて言うと、プロデューサーの五十嵐（いがらし）はコーヒーカップに伸ばしていた手をぴたっと止め、きょとんとした顔つきで向かいにいる恭二（きょうじ）を見た。

「ええと、それはつまり……どういうことでしょうか」

「要するに、この案件の存在を事務所には知らせないでくれってことです。実際、こうしておれが直（じか）に話をもらってるわけだし、構わないでしょう」

五十嵐がみるみる困惑顔になり、広い額にハンカチを当てた。

「もちろん映画に出演していただけるのであれば、こちらは願ったり叶（かな）ったりなんですが、事務所さんにお知らせしないというのは……だって問題になるでしょう」

「大丈夫」恭二は身を乗り出して言った。「ここだけの話、おれ今年いっぱいで事務所を辞めて、来年からフリーになるんです」

「ええっ。独立されるんですか」

「ちょっと声が大きいって」

思わず頭をはたいてしまいそうになる。わざわざこうして人気のない、場末の喫茶店で密会しているというのに。

それに先ほどからずっと視線を感じていた。見渡す限り、誰もこちらを盗み見ている様子はないのだが。

これは今この瞬間に限ったことではなかった。ここ数日、ずっと誰かに見張られているような気がしてならない。それこそ、カメラを向けられているかのように。

「失礼しました。で、本当にお辞めになられるんですか」

「ええ。正確にはまだ交渉中というか、しつこく引き止められてるんですが、おれの肚はもう決まってるんです」

相原恭二が十八歳のときから二十五年在籍した俳優事務所『ブロンズコーポレーション』に退所を申し出たのは先月末のことだ。そこで三ヶ月後、年内をもって事務所を退所し、独立すると正式に言い渡した。

事務所側は青天の霹靂だったのか、長年タッグを組んでいるマネージャーの鈴木達雄は狼狽し、デビューから世話になっている女社長の河村洋子は怒りを露わにした。以後、何度か話し合いの場が設けられ、都度思い留まるよう説得をされたが、恭二の気持ちは変わらなかった。ちなみにこのあと、事務所で最終の面談が控えている。もちろん最後通告を突きつけるつもりだ。

「ですが、年内は在籍されておられるんですよね？　先ほど申し上げた通り、クランクインは来月の中旬を予定しております。そうなると撮影中、相原さんはブロンズ所属の身となるわけですから、やっぱりまずいんじゃないでしょうか」

「でも公開は一年後なんですよね？」

「ええ。その予定です」

「じゃあ大丈夫だ。だってそのときはフリーなんだから。あとからいちゃもんつけられたって、撮影は退所後に行われたって言い張ります」

「いや、しかし……」五十嵐がむずかしい顔をして腕を組み、うーんと唸る。「可能ならば退所を早めていただくというのは……」

「できないんです。いくつかの仕事がすでに決まっていて、突然辞めるとなるといろいろと面倒なことになる。だから年内は残らなきゃならないんです」

「なるほど。となると、これはどうしたものか」

「ご迷惑は絶対にお掛けしませんから。約束します」にっこりと微笑んでみせた。「ちなみにおれ、事務所と正式な契約なんて交わしてないんですよ」

　五十嵐が眉をひそめる。「と言いますと？」

「書面で契約をしていないということです。ま、これに関しちゃうちに限った話じゃないんですけどね。未だに多いんですよ、そういうとこ」

「はあ。そういうものなんですか。芸能界というのは、なんとも不思議なところですね」

「昔は所属タレントを奴隷のように拘束できたもんだから、それが今も通用すると思ってる愚かな連中がいるんです。そんな時代じゃないってのに」

　恭二は鼻を鳴らしてレイバンのサングラスを中指で持ち上げた。

　昨今いくらか緩和されてきたものの、芸能界はスポーツ界などと異なり、移籍や独立をタブーとする悪しき風習が未だ残っている。一度門を叩いたら最後、そこに骨を埋めて当然と考える輩がいるからだ。そして、そういう輩がこの業界を牛耳っている。芸能界がヤクザと称される所以だ。

しかし、今やそのプロダクション自体の存在意義が問われていた。SNSの普及に伴い、アーティストが自ら営業、また活動をPRできるようになっているからだ。実際に今こうして五十嵐と会っていることだって、恭二のSNSにダイレクトメッセージでオファーが届いたからにほかならない。

こうなってくるとプロダクションの役割などないに等しい。なのに、ギャラを抜かれてはたまったもんじゃない。

「そういうわけなので、どうぞ一つ」

五十嵐は目を閉じ、再びうーんと唸った。

「できないというなら出演は考えさせてもらいます」

五十嵐がわかりやすく顔を歪めた。これはイケるなと思った。あともうひと押し。

恭二は煙草を箱から一本抜き取り、咥えた。

「そもそも、うちの事務所にこの映画の話を持ち込んでも門前払いですよ。こう言っちゃなんですが、五十嵐さんをはじめ、スタッフもキャストも誰一人知名度がないんだから。いくら主演だと言っても彼らが相原恭二をそんな得体の知れない作品に出すわけがない」

「ええ。そこについては重々承知しております。ですから相原さんから事務所さんにお口添えしていただければと思いまして、筋を違えていると知りつつ、まずはこうしてご本人様にアプローチをさせていただいた次第なんです」

恭二は火を点けようとしていた手を止め、目の前の冴えない中年男を見た。

こいつ、丸々バカってわけでもないんだな。事務所を通り越して連絡を寄越すくらいだから、業界についてまったく無知の、ど素人なのかと思っていた。どうやらちゃんと戦略を持って接触してきたようだ。

「一旦、この話は預からせていただけませんか」

「いいですが、明日までには返事をください」間髪を容れず言った。この手の話は時間を空けたらダメになる。「じゃなければ今回は縁がなかったということで」

五十嵐は神妙な顔で恭二を見つめた。「承知しました。明日には必ず」


喫茶店を出ると、ちょうど恭二を待ち構えていたように目の前にタクシーが停まっていた。それに乗り込み、「渋谷まで」と行き先を告げ、シートにもたれる。斜陽が車内を赤く染めていた。ここ最近ぐっと秋めいてきて、日が短くなっている。

タクシーが発進したところで、鞄から先ほど五十嵐から手渡された企画書を取り出し、改めてざっと目を通した。

映画のタイトルは『リアルフェイク』、尺は七十分。台本はまだもらっていないが、おおまかなストーリーはこうだ。

因果応報により失墜した男が再起を誓うのだが、再び己の業の深さに溺れてしまい、最後は自ら命を絶つことになる――。

ため息をついて企画書をシートに放った。この手の暗い物語を成り立たせるには腕がいるのだが、はたしてそれが五十嵐にあるのだろうか。監督を務めるのはまさかの五十嵐なのである。

彼は一応、日藝（にちげい）の映画学科を卒業しているらしいが、その道に進むことはなく、今現在は通信系の会社で働くふつうのサラリーマンだと話していた。つまり、ズブの素人だということだ。

「目的は映画祭への出品ですが、のちに上映することも決まっているんです」

五十嵐は鼻の穴を膨らませ、このように語っていたが、聞いたこともない映画祭で上映も単館だった。当然、配給も決まっていない。

要するに今回の企画はそこらのハナタレ学生たちが撮る、自主製作映画と変わらないのだ。

ただし一つだけ、それらとは大きく異なる点があった。

金だ。『リアルフェイク』の製作におけるバジェットは一千万円。この規模の映画にしては異例中の異例だった。そしてそのうちの半分を恭二の出演料が占めている。

最初に五十嵐からダイレクトメッセージが届いたとき、恭二はくだらないイタズラだと思った。だから出演料を問われた際、五百万だと返信した。すると、それがすんなり通った。ますますイタズラだと疑心を深めた。

そんなわけもあって、先ほど呼び出した場にも五十嵐は現れないだろうと思っていた。だが、彼は本当にやってきた。

もっとも、今でも半分疑っている。なんといったって五百万である。誰がどう考えたっておかしいし、怪しい。十年前の、人気絶頂のときならまだしも、現在の恭二にはその十分の一の価値もない。素人ゆえに相場を知らないのだろうが、それにしたって狂っている。

そんなわけもあって当然、出演料は前払いを要求した。クランクインの前に全額きっちり支払われなければ降板するとも伝えた。金を踏み倒す、もしくは支払うことなく行方をくらます人間が芸能界にはごまんといる。そんな業界人をこれまで嫌というほど見てきたのだ。

　はたして五十嵐はこれを二つ返事で承諾した。聞けば、彼には「金の使いどころに困っている」知人がいるのだという。

　これもまたキナ臭い話だが、こちらは金さえ払ってもらえばそれで構わない。

　何を隠そう、金欠なのだ。一時、億近くあった貯金はとっくに底を突いている。

　ここで恭二がサングラスを外し、目頭を揉(も)み込むと、

「あれ、もしかしてお客さん、俳優さんじゃない？」

と、初老の運転手がミラー越しに言った。恭二は返答せず、再びサングラスを掛けた。

「ほら、ええと、誰だっけかな――そうだ、相川(あいかわ)恭二。そうでしょう？」

「相原ね。似てると言われますけど人違いですよ」

「またまた。昔うちの娘があなたの大ファンだったのよ。こりゃ娘に自慢しないと。あとでサインを一枚――」

「おれダメなんですよね」

「あら、サインは禁止なんだ？」

「そうじゃなくて、気安く話しかけてくる人」

　恭二は鼻を鳴らし、車窓の外に目をやった。

　どうしてだろう、やはりどこからか視線を感じてしまう。何者かに監視されているような――もしかするとマスコミだろうか。あいつらは透明人間だからどこに潜(ひそ)んでいるのかわかったもんじゃない。

　それこそとなりを走る車がなんだか怪しい気がする。

恭二はふっと口元を緩めた。今の自分を追いかけるゴシップ屋などいるはずがない。

「主演は相原さん以外に考えられないんです」

会ってすぐに、五十嵐は言った。

「正直、プライベートの相原さんがどのような方なのか、これまでスクリーンを通して見てきただけのわたしにはわかりません。ただ、相原さんの芝居は唯一無二です」

この言葉は素直にうれしかった。恭二は芝居に関しては誰にも負けないと自負している。

そんな恭二が芸能界に入ったのは二十五年前、十八歳のときだ。定時制高校を中退し、オフィス移転のアルバイトをしているときにスカウトされた。ある日訪ねた現場が当時まだ目黒にあったブロンズコーポレーションで、そこに女社長——当時チーフマネージャーだった河村洋子がいたのである。

「あなた、可愛い顔してる。身長も高いし、バランスもいい。うん。いけるよ」と、河村は勝手に興奮し、ワークデスクを抱えた恭二の胸ポケットに五千円札と新オフィスの住所が書かれた名刺をねじ込んだ。

翌日、恭二は改めて河村のもとを訪ねた。

もっとも芸能界に興味があったわけではない。会えばまた小遣いをもらえるかもしれないと考えただけだ。

河村は壮大な夢物語を一方的に語り、恭二の意思は訊かず、強引に宣材撮影を行った。まるで人形のように扱われ、気分が悪かったが、できあがった写真を見て恭二は驚いた。まるで別人だった。陰気で貧乏臭い自分は一片も残っていなかった。

それからは細々とした撮影をいくつかこなし、一年後にメンズファッション誌の専属モデルとして採用されることとなった。そこからはとんとん拍子に仕事が決まり、やがて俳優としてトレンディドラマの出演が決まった。以降、恭二のスケジュールはいつだってびっしりだった。

そうした順風満帆の芸能生活を長らく送ってきた恭二に災難が訪れたのは八年前、三十五歳のときだ。ある日、行きつけの麻布（あざぶ）のバーで飲んでいたところ、一人の男性が恭二に声を掛けてきた。彼は恭二のファンだと言い、高い酒を奢（おご）ってくれた。その羽振りの良さから恭二は連絡先を交換し、以降、彼とたまに飲むような間柄になった。

そうした中、とある週刊誌が《相原恭二の黒い交友関係》という見出しで記事を書いた。彼は反社の人間だったのである。

これについて恭二は、「まったく知らなかった」と世間には弁明したのだが――事実本当に知らなかった――そんなことは関係がなかった。

結果、恭二は大きな制裁を受けることとなった。決まっていたドラマや映画の仕事は次々となくなり、契約中だったCMも途中で降ろされた。

こうして業界から見放され、その後はろくな仕事が入ってこなかった。相原恭二は芸能人として格落ちしたのだ。

やがてタクシーは渋谷区松濤（しょうとう）にある、見慣れた古いビルの前に到着した。二十五年前、自分の芸能人生はここからスタートしたのだ。

「千六百八十円」

運転手は半身をこちらに向け、ぞんざいに言った。恭二に邪険にされたことに腹を立てているのだ。

鞄から財布を取り出したとき、助手席のヘッドレストに小型のカメラが備えられていることに気づいた。レンズはこちらを向いている。

「なんなの。このカメラ」

そう訊ねたが、運転手はこれを無視した。どうやら相当根に持っているようだ。

おそらくこのカメラは安全対策なのだろう。昨今、タクシー強盗などの事件が都内で多発しているらしいのだ。

「ちゃんと領収書ちょうだいね」

そう告げて恭二は乗車賃を支払った。

2

「恭二。あなた、うちを辞めたら本当の、本当に、終わっちゃうわよ」

この段になると、社長の河村洋子は怒ることなく、憐れむように言った。潤んだ瞳から今にも涙が溢れ落ちそうだった。

来年還暦を迎える彼女の顔には相応の皺が広がっており、ところどころシミも浮き出ている。なのに相変わらず化粧っ気がまるでない。所属タレントの容姿はこれでもかというほど気にするのに、自分の外見にはまるで無頓着なのが河村だった。もっとも、そんな彼女も若いときは女優をしていたらしい。ただ、自他共に認める「大根」だったそうだ。

松濤にあるブロンズコーポレーションのオフィスの一角で三人は向かい合っていた。恭二と河村、もう一人はマネージャーの鈴木達雄だ。この男はすでにあきらめているのか、口を真一文字に結んで置物のように座っている。

　彼とは同い年で同期だった。達雄も昔はブロンズ所属の俳優だったのだ。

　だが、彼はまったく売れず、その後何を思ったのか脚本家に転向した。「恭二。いつかおれの書いた脚本（ホン）が映画になったら出てくれよな」「ああもちろん。ノーギャラだって構わないよ」と恭二も約束した。達雄とはそういう仲だった。だが結局、彼は脚本家としてもたいして芽が出ず、それから河村の勧誘でマネージャーを兼務することとなった。そんな達雄は今や一番の古株社員だ。

「もうとっくに終わってるじゃないですか。相原恭二は」

　恭二は自虐的な笑みを浮かべて言った。

「そんなことない。いつか必ず、あなたの時代がもう一度来る。四十三歳なんて俳優としてはこれからでしょう。今は耐えるとき。いつか巡ってくるチャンスを待つの」

　失笑してしまった。例の事件以来、まともなドラマには一本も出られていない。数本出演したのはBS放送の低予算ドラマで、それも若いときなら考えられないほどの端役（はやく）だった。

「そんなもの待てど暮らせど巡ってはこないですよ」

「じゃあうちを辞めたら何か変わるの？　あなたは二言目には時代は変わったって言うけど、キー局はどこも無所属の俳優なんておっかなくて使わないからね。二十五年もやってきてそんなこともわからないの」

「前々から言ってるでしょう。おれはテレビをあきらめてるって。ああいうことがあった以上、テレビや商業映画は無理なんですよ。これからはネットドラマだったり、小劇場の舞台だったり、そういう細々とした仕事をこなして生きていきます」

そして、そうした仕事はギャラが雀の涙だ。なのに事務所に三割も持っていかれてはとてもじゃないが食っていけない。だから辞める決断をしたのだ。

「河村さん。おれはあなたをずっと慕ってました。だからあなたの『絶対になんとかする』という言葉を信じてこれまで耐えてきたんです。ただ、あなたは口ばかりでおれのために何一つ動いてくれなかった」

「動いてたわよ。どうやったら相原恭二を復活させられるのか、毎日毎日頭がおかしくなるくらい考えてたわよ」

「おれにはそうは見えませんでしたがね」

「じゃあなんでわたしがあなたをうちに置いておいたと思うの。あなたのことを見限ってるなら、とっとと解雇するでしょう」

「別に損はしないからでしょ。おれは出来高で、固定給じゃない。放っておいても、昔取った杵柄でいくらかの仕事は入ってくるし」

「そうじゃない。家族だからよ。あなたを本当の家族のように思ってるからよ」

「やめましょうよ。今さらそういうの」

河村は顔を歪め、うつむいた。「こちらの思いはまったく伝わらないのね」

長い沈黙が流れ、

「わかったわ。退所を認めます」

河村はうつむいたまま、静かに言った。

そして、ゆっくり面（おもて）を上げた河村を見て、恭二はゾッとした。これまで見たことのない、冷たい表情をしていた。そして射るような眼差（まなざ）しで恭二を見据えている。

許さない、とその瞳が語っていた。おそらくこれから先、自分の芸能活動は邪魔されるのだろう。事務所と揉めて離れたタレントは様々な場面で嫌がらせを受ける。これが所謂（いわゆる）、干されるということだ。

ただ、こっちはすでに干されているのだ。爪の先まで干からびるほどに。

恭二は河村の視線を真っ向から受け止め、

「今までお世話になりました。ありがとうございました」

テーブルに両手を突き、深々と頭（こうべ）を垂れた。

すると、

「さようなら」

河村がぼそっと言った。

恭二は場を辞去し、オフィスを出た。

廊下でエレベーターを待っていると、「恭二」と背中に声が降りかかった。達雄だった。彼は話し合いの場において一言もしゃべらなかった。

「下まで送るよ」

やってきたエレベーターに二人で乗り込んだ。老朽化しているので、スピードが亀のようにのろい。

「おまえと離れるなんてな。考えてもみなかった」

達雄は前を見たまま言った。

「これから恭二の現場に同行することもないのか」

独り言のようにつぶやいている。

「もうおれの粗相でクライアントに頭下げなくて済むぜ」

冗談めかして言ったが、達雄は反応をしなかった。

「なあ、達雄はずっとブロンズにいるつもりか」

「ああ。おれは河村さんに拾われたようなもんだからな。クビになるか、会社が潰れるか、まあおれから離れるってことはないよ。恩を仇では返せないだろう」

あてつけのように言いやがって。

ほどなくして一階に到着し、エレベーターのドアが開いた。エントランスを通っておもてに出ると、目の前の通りにまたも恭二を待ち構えていたかのようにタクシーが停まっていた。それも先ほど乗ってきたタクシーと同じものだったので驚かされた。

「どうした?」達雄が眉をひそめて顔を覗き込んでくる。

「いや、タクシーがさ」

「タクシー?」

「ううん。なんでもない」

きっと偶然だろう。恭二を降ろしたあと、そのまま路駐して居眠りでもしていたのかもしれない。

恭二は身を屈めてタクシーに乗り込み、振り返った。

「達雄、おまえには本当に世話になった。今までありがとう」

「そんな今生の別れみたいに言うなよ。それにまだ契約は残ってるんだから」

それが厄介なのだ。『リアルフェイク』のことだけは絶対に事務所に知られてはならない。

「悪かったな。おまえとの約束を守れなくて」恭二は話を逸らした。

「約束?」

「ほら、おまえの書いた脚本の映画におれが出演するってやつ」

「ああ」と達雄は肩を揺すった。「まあ、そのうちはたしてもらうさ」

恭二は鼻を鳴らし、「じゃあな」と片手を上げた。

すると達雄は河村と同じく「さようなら」と言った。

ドアがバタンと閉まり、タクシーが発進する。

さようなら、か——。

恭二は一つ洟をすすった。日は完全に落ちており、眩いネオンが渋谷の街を照らしていた。気の遠くなるほど大勢の人が行き交っている。

3

「そうじゃないって。何度も言ってるだろう。おれの台詞をしっかり受け止めてから殴りかかってきてくれよ。今のきみの芝居じゃ、次におれが何を言うか、あらかじめわかっちゃってるんだよ」

恭二は声を荒らげて共演者の若い男に詰め寄った。男は不貞腐れたように唇を尖らせている。恭二は怒りの吐息を撒き散らした。

「なあ監督。そう思うだろう」

すぐそこでメガホンを握る五十嵐に水を向けた。

「まあ、言われてみればそうかもしれないですね」

「言われてみればって——おいおい勘弁してくれよ。しっかりやろうぜみんな」

三日前、映画『リアルフェイク』がクランクインしてからというもの、恭二はこの調子でずっと苛立っていた。正直、ここまでお粗末だとは思っていなかった。現場の杜撰さは恭二の想像を遥かに超えていた。

共演者たちの芝居は学芸会のそれで、技術スタッフの仕事もおざなりだった。大事なシーンで演者の顔に照明が当たっていなかったり、声を拾えていなかったりと、ありえないようなミスを連発していた。映像にケータリングが見切れて映っていたときはカメラマンを殺してやろうかと思った。

このキャスト、スタッフは全員が五十嵐の知り合いだった。そして監督を務める五十嵐が周囲に輪を掛けてダメなのだから、もうお手上げだ。「この映画があんたの夢だったんだろ。だったらとことんこだわって撮れよ。命を懸けろよっ」恭二が五十嵐の胸ぐらを掴み上げ、突き飛ばしたのは昨夜のことだ。だが、その後もこの男は変わらなかった。

きっと映画を撮影しているという事実だけで満足しているのだろう。念願が叶ったことで浮かれてしまっているのだ。

「おいっ、こんなとこ映すなって」

恭二は背後霊のように自分の後ろにいた男の胸をドンと押した。男の顔にはカラーレンズの眼鏡と白いマスク、そして手にはハンディカメラ——この男はメイキング映像を任されているのだ。年齢は不明だが、不審者にしか見えない。

なんにせよ、こんな小規模の映画にメイキングを入れるなんて聞いたことがない。ＤＶＤ化した際の特典にするらしいが、そんなことより本編のクオリティを少しでも上げることに注力してほしかった。

恭二は嫌だった。こんな映画でも出演する限り、手を抜くことは絶対に嫌だった。持てるすべての力を出して作品と向き合いたかったし、そうするのが当然だと思っていた。周囲の人間にもそれを求めて何が悪い。

「監督。ここの言い回しも不自然な気がするから変えたほうがいいと思うんだけど、どう思う？」

ロケ用のマイクロバスの中で恭二が台本片手に言った。次のシーンのロケ地に向かっているのだ。凸凹の山道なので揺れがひどい。

「かしこまりました。相原さんがそうおっしゃられるなら変えましょう」

五十嵐が二つ返事で了承する。なんと張り合いのない監督であることか。

恭二は脱力し、くしゃくしゃになった台本に新たな台詞を書き込んだ。

これに限らず、恭二は様々なシーンで台本に手を入れている。越権行為であり、許されることじゃないが、そうも言ってられない。もっとも脚本家ではないので少々心許ないのだが。こういうとき、心得のある達雄がそばにいてくれたら相談役になってくれるのに。

その達雄には『リアルフェイク』の撮影期間は、旅に出ているとメールで伝えてあった。

彼が信用したかどうかはわからない。恭二はあれ以来、達雄にも河村にも一度も会っていない。

ちなみにあの話し合いが行われた翌日、約束通り五十嵐から連絡があった。「事務所さんに内密にすることを承諾しました」と。

また、前払いを要求していた出演料もその後すぐに振り込まれた。

こうして『リアルフェイク』への出演が正式に決まったのだ。

「それとさ、やっぱりこのタイトルも変えたほうがいいと思うんだけど。『リアルフェイク』はなんかしっくりこないよ」

恭二は手を止め、これまで何度も伝えたことを改めて口にした。

「いいえ。タイトルはこれでいきます」と五十嵐がかぶりを振る。

解せなかった。ここだけは妙に頑なのだ。内容とタイトルがまるで合っていないのに、五十嵐は「ぴったりです」と言い切るのである。

恭二が深々としたため息を漏らしたとき、その存在に気がついた。助手席からまたメイキングカメラがこちらに向けられていたのだ。

「あんた、いい加減にしろよ。移動中の車内なんて撮るんじゃねえよ」

語気荒く言った。男が無言でカメラを下げる。すみませんの一言すらない。この男はどういうわけか恭二に一切言葉を発さなかった。ほかの者とは会話を交わすのに、恭二とだけは一言も話さないのだ。不可解だし、不愉快で仕方なかった。

こんな現場、金さえもらってなければ絶対に降板してたろうな。揺れる車内で恭二はしみじみとそう思った。

結局この日の撮影は予定よりも三時間押し、深夜までつづいた。監督の五十嵐ではなく、恭二が何度も撮り直しをさせたからだ。

4

幾多のトラブルはあれど、なんだかんだで撮影は進み、本日で五日目となった。そして今夜、クランクアップを迎える予定だ。

「ほら、よおく見てよ。自分で言うのも嫌だけど下手(へた)クソだろう。おれは字だけはどうしてもダメなんだって。こんな字じゃシリアスな雰囲気が出ないよ」

恭二が今しがた練習でしたためた文書を五十嵐に突きつけた。

「いやいや、これでいいんですよ。この映画はリアルを追求しているんですから」

「だとしたってそこはさあ。手元だけを映すとか、カメラワークで上手(うま)いこと誤魔化せばいいじゃない」

ラストシーンで自殺をする主人公がしたためる遺書を実際に恭二が書くのか、代筆させるかで揉めているのである。恭二は字に自信がなかったので、書いているフリをして誰かに代筆させるべきだと主張しているのだが、五十嵐が頑として譲らないのだった。

結局、ここは恭二が折れた。監督がそう言っている以上、役者は従うほかない。

こうして仕方なくそのシーンの撮影を終え、次はいよいよラストシーンとなった。

「相原さん。出番です。よろしくお願いします」

女がマイクロバスで待機していた恭二を呼びに来た。この女も一応出演者なのだが現場ではＡＤも兼ねていた。この女に限らず、恭二以外の出演者は何かしら別の役割も担っていた。もっとも恭二だってここでは純粋な役者とはいえないのだが。《総指揮》とクレジットに入れてもらいたいくらいだ。
何はともあれ、ようやくラストシーンを迎える。ここまで異様に長かった。これほどまで気苦労の絶えなかった現場があったろうか。この映画がどのような仕上がりになるのか、正直わからない。ただ、最後まで全力で演じるつもりだ。

恭二は軽く両頬を張って車を降りた。辺りは山深く、鬱蒼と樹木が生い茂っている。照明が焚かれていなければ数メートル先も見えない。人知れぬ樹海で主人公が首を吊って死ぬというのが、『リアルフェイク』のエンディングだった。内心、ベタ過ぎないかと思っているが今さらだ。「よろしくお願いしまーす」と声を発すると、白い息が視界を覆った。冬の山の夜気は恐ろしく冷えている。

キャスト、スタッフ含めて総勢九名の小所帯。みんな疲労困憊なのだろうが、どこか晴れがましい顔をしていた。きっとマラソンランナーがゴールテープを前にしたような感慨に耽っているのだろう。腹が立つ連中だったが、五日間も共にいるとそれなりに親近感が湧くのだから不思議だ。もっとも、メイキングカメラマンだけは別だが。あの無口な男だけは気味が悪くて仕方ない。

「まずはカメラの画角を調整したいので、一度あちらへ」

五十嵐が促した先には照明を当てられた大木があった。そしてそこから伸びる太い枝に縄が垂れ下がっていた。その縄の最下部には人の頭が一つ入る程度の輪が作られており、風を受けて揺れていた。芝居とはいえあれに頭を通すのかと思うと、薄ら寒い気持ちになる。

恭二は垂れた縄の真下に立った。ちょうど自分の頭の上に輪がある。近くで見ると縄に沿って細いワイヤーも垂れているのがわかった。このワイヤーと恭二が服の下に巻き付けている特殊なコルセットを繋ぎ、さも縄に吊されているように見せるのだ。

「どうです？　ちゃんと頭が輪っかに入りますか」

「入りますかって、これじゃ届かないよ」

「ああ失礼――みなさん、お手伝いを」

五十嵐が言うとスタッフたちが持ち場を離れて恭二を取り囲んだ。

「ちょっと失礼します」と女が恭二のシャツを捲り上げ、作業を始めた。背中の方でカチャカチャと音がしている。「ワイヤー準備ＯＫでーす」

「本当に大丈夫？　おれこのまま死んだりしないよね」

恭二は冗談を言い、スタッフたちはあははと笑った。

次に木製のアウトドアチェアが足元に置かれた。主人公はこの上に立ち、椅子を蹴って自殺を決行するのだ。

恭二はバランスを取りながら椅子の上に立ち、そして輪を手に取って慎重に頭を通した。するとすかさず後方に立つスタッフがキュッと輪を絞った。これによって喉元に縄がきつく食い込んだ。

「おい、そういうのは一言いってからやってくれよ」

文句を言ったが、それが聞こえなかったかのように、「準備ＯＫでーす」と言ってそのスタッフは離れていった。

「相原さん、いかがですか」五十嵐がのんびりした口調で言った。

「見ての通りちゃんと入ったよ。それより、結構マジで苦しいぞこれ」

「リアリティを出したいので少しだけ我慢してください」

「もちろん我慢はするけどさ。なあ、カメラチェックはもう十分だろ。早く降ろ――」

ここで恭二は目を疑った。すぐそこでスタッフの女がワイヤーをくるくると腕に巻きつけて回収しているのである。地面を滑るワイヤー先端のシャックルは恭二のコルセットと繋がっていたはずの部分だ。

困惑する恭二をよそに、「カメラ回ってまーす」とスタッフの声。

「お、りょーかい」と五十嵐が片手を上げる。「ということなので相原さん、このまま本番行かせてもらってもよろしいですか」

「おい、なんでワイヤーを外してんだよ」

「何度か逡巡（しゅんじゅん）するような身振りや表情を見せていただき、その後思い切って椅子を蹴ってください」

「無視するなよ。どうしてワイヤーが外れてるんだって」

「さあ、本番行きますよ」

「おいって！」

「本番、よーい、スタート！」

カチンコが鳴った。一気に静寂に包まれた。

恭二は首に巻きついている縄を外そうと試みたが、まったく緩むことがなかった。

「おいっ。これはなんのつもりだっ」

恭二の叫び声が暗い森の中にこだまする。だが、誰も反応しなかった。みな、静かな目で恭二を見つめているのだ。

「ふざけんなよ。おまえら。こんなことしていいと……」

その言葉は徐々に力を失っていった。今、自分の置かれている状況に戦慄(せんりつ)を覚えたからだ。もしもこの足元にある椅子が倒れたら――。

「なあ、ほんとなんなんだよこれ」震える声で言った。

「ちょっと相原さん、そんな台詞、台本にはありませんよ」

「早く降ろせっ」腹から叫んだ。「おまえら自分たちが何をしてるのかわかってんのか」

「映画の撮影ですよ」

「映画だと……」

「ちゃんとカメラだって回ってるでしょう」

五十嵐がカメラを指差した。たしかにカメラは恭二を捉えている。また、照明を当てられており、音声マイクも伸びている。

「さあ、早く椅子を蹴ってください」

「ふざけるなっ」

「相原さん、ちゃんと芝居をしてください」

「何が芝居だ。カメラを止めろ。今すぐおれを降ろせ」

「それはそこから降ろせという意味でしょうか？　それとも降板させろという意味でしょうか」

「どっちもだっ」

「それは困りますねえ。出演料はもう払っているわけですし、ここまで撮影だってしてるんですよ。それなのに今さら降板だなんて、そんなのプロのすることじゃないでしょう。ねえ、相原さん」

そのねっとりした言い回しと表情で恭二は悟った。理由はわからないが、五十嵐は、いや、こいつらは本気でおれを自殺させるつもりだ。

「わかった。金は返す。金は返すから早くおれをここから降ろしてくれ」

五十嵐が腕を組み、低い声で呻吟する。「まいったなあ。ちょっとプロデューサーに相談してみますか」

「プロデューサー?」

するとここで微かに足音が聞こえた。静寂の中、ザ、ザ、と地面を踏み込む音が迫ってくる。ほどなくして照明の灯ったスタンドライトの奥から人影が現れた。恭二が目を細める。

やがてその人物の正体を認識し、恭二は言葉を失った。

「相原さんには紹介するまでもありませんが、この方が本当のプ、ロ、デュ、ー、サ、ー、の河村洋子さんです」

五十嵐が恭しく紹介した。

「恭二。撮影はどう? 順調かしら?」

河村は腕を組み、不敵な笑みを浮かべている。

「……いったい、どうなってる」

恭二は放心状態でつぶやいた。頭が真っ白だった。

「言ったでしょう。うちを辞めたら終わっちゃうよって。あれはね、芸能人生だけじゃなくて、人生そのものが終わっちゃうよって意味だったの」

「…………」

「ほんとタレントってみんな勝手なのよね。売れないのは事務所のせい。売れたら自分のおかげ。育ててもらった恩なんてちっとも感じてない。ほんと、虚しくなっちゃう」

河村は白い息を吐きながらしゃべっている。

「これまでの恩を忘れて親元を離れるなんて、許されないことだと思わない？　少なくともわたしは許さない」

「……河村さん、あんたどうしちゃったんだよ。こんなバカげたことをするような人じゃないだろう」

「するような人よ。わたしだって芸能界の人間だもの。不義理を働いた者にはしっかり制裁を加えないとダメでしょう」

冗談だろう。どうかしている。正気の沙汰じゃない。

「あんた、こんなことしてバレないとでも思ってるのか。おれを殺したら確実に捕まるぞ」

「殺す？　自殺でしょ」河村が胸元から封筒を取り出し、ひらひらと振った。「ほら、こういうものもしっかりとあるわけだし」

河村が封筒から便箋を取り出した。それはつい先ほど恭二がしたためた遺書だった。

「世間はこう思うんじゃないかしら。相原恭二は俳優として落ちぶれて心を病んでたんだろうって」

カタカタと音が立った。恭二の歯が口の中でぶつかっているのだ。

恭二は身体（からだ）の芯から湧き上がる震えを必死に抑え込んで、バランスを保っていた。この椅子が倒れたら自分は死ぬのだ。

「あんた。どうして、こんな回りくどい真似（まね）を……」

「相原恭二の遺作を撮りたかったのよ――ねえ、鈴木」

河村が横に目をやる。そこには鈴木達雄が立っていた。彼がいつ現れたのか、まったく気がつかなかった。

「達雄、おまえ……」

達雄は目を細めて恭二を見つめている。

「おまえまで、どうしちまったんだよ。なんでこんなことするんだよ」

「恭二、約束したろ。いつかおれの書いた脚本の映画に出演してくれるって」

「……脚本だと」

「ああ。おまえが読んでいた『リアルフェイク』の台本はおれが書いたものだ。そして今この瞬間もな」

意味が理解できず、恭二は眉をひそめた。

「つまり、これらすべてが映画だってことだ」達雄が振り返り、カメラを指差す。「ちなみにここで種明かしをすることもおれの書いた脚本通りなんだぜ。つまりおれや河村さんも、ここにいる人間は全員が演者だってことだ」

言葉を失っている恭二に対し、「相原さん」と五十嵐が好々爺(こうこうや)のような笑みを浮かべて名を呼んだ。

「あなたは共演者たちの演技力にご不満のようでしたが、今はだいぶ評価が変わったでしょう。みんな芝居達者なんですよ。わたしも含めてね」

恭二はごくりと唾を飲み込んだ。

「結構大変だったのよ。喫茶店やうちの事務所に隠しカメラを仕込んだりとかね。いつかあなたにバレるんじゃないかってヒヤヒヤもんだったわ」

「……なんで。なぜ、こんなことを」

「だから何度も言ってるじゃない。相原恭二の遺作を撮りたかったって。もちろん世には出せないけれどね。わたしがあとあと鑑賞できればそれで満足なの。だって、あなたはわたしの最高傑作だもの」

　河村はうっとりした顔で言い、恭二を恐怖のどん底に陥れた。

「さあほら。最期は潔く椅子を蹴ってちょうだい」

「……できない。そんなこと、できるわけがない」

　河村が呆れたようにため息をつく。

「あなた、意外と往生際が悪いのね。じゃあ、わたしがお手伝いしてあげる」

　河村がゆったりとした足どりで恭二の目の前まで来た。

　視線が重なる。河村の瞳が潤んでいるのがわかった。

「……河村さん。おれが悪かった。頼む。許してくれ」

「もう遅いのよ」

「…………」

「恭二。さようなら」

　河村が恭二の足元の椅子に手を掛けた。

　そして椅子を一気に引き抜いた——。

　直後、「カット！」五十嵐の声が辺りに響き渡った。「ＯＫ！」

　途端、一斉に拍手が沸き起こる。みな、白い歯を見せていた。

　恭二は宙に浮いた状態で、ぽかんとその様子を見下ろしている。

まったく苦しくなかった。縄が首に食い込んでいないからだ。

「ちょっと河村さん。椅子を引き抜くのが早過ぎますって。クライマックスなんだからもう少し引っ張らないと」

達雄が眉を八の字にして言った。

「だってかわいそうで見てられなかったんだもの」

と、河村は両頬に手を添えた。

「ねえ監督、わたしの芝居、臭くなかった？　台詞の言い回しとか陳腐じゃなかった？」

「いやあ、ご立派でしたよ。さすが元女優さんです」

恭二はまだ頭の中が真っ白で、ただただミノ虫のように吊されている。

「……なんなんだこれは」

誰にともなくつぶやいた。

「だから映画の撮影だって。この映画を公開したらものすごく話題になるわよォ。相原恭二はこれをきっかけに完全復活をするのよ」

河村が嬉々とした目で見上げてくる。

「言ったでしょ。頭がおかしくなるくらいあなたのこと考えてたって。そうして導き出した答えがこの映画ってわけ」

「脚本は本当におれが書いたんだぞ」達雄が話を引き取った。「もちろん台詞なんかはおまえありきだから、ほかのみんなはそれに合わせてやってもらったんだけどな。つまりは即興芝居ってわけだ。ちなみにここにいる全員、本当に役者さんなんだよ」

頭が混乱していて言葉が出てこない。いや、これはもう混乱ではなく錯乱だ。

きっとこれは怒るべきなのだろう。だが、いろんな感情が胸中でない交ぜになっていて、恭二はどれを掬い取ったらいいのかわからずにいる。

ほどなくして恭二はスタッフたちによって地上に降ろされた。どうやら先ほどスタッフの女が回収していたワイヤーはダミーで、本物はちゃんと繋がっていたようだ。

恭二はその場にへたり込んだ。全身の力が抜けて立っていることすらできないのだ。そんな恭二に達雄が手を差し伸べてくる。

「一度死んだと思って、もう一度がんばってみないか。恭二」

振り払おうと思ったが、手はぴくりとも動かなかった。そんな力も残っていない。

「……これは、本当に映画なのか」

恭二は自問するように言った。

「ああ、正真正銘の映画だよ。主演はもちろん相原恭二。ストーリーはこうだ。失墜した俳優が独立を企てるが、事務所の社長の仕掛けた巧妙な罠によって葬られてしまう。『リアルフェイク』がその罠ってわけだ」

なんとなく理解できたが——いや、できなかった。脳が理解することを拒んでいた。

「もうおれには何がなんだか。よくもまあこんな手の込んだことを——なあ、河村さん」恭二は彼女を睨みつけた。「おれはあんたを訴えるからな」

「お好きにどうぞ。でも、映画は公開させてよね。じゃなきゃ五百万は返してもらうから。あれ、ほんとにあなたの出演料なのよ」

恭二はため息をついてかぶりを振った。

「ねえ恭二。わたしは覚悟を持ってこの映画を企画したの。だからあなたもそこに乗ってよ。一緒に世間をあっと言わせようよ。もう一度、相原恭二旋風を巻き起こそうよ」

鼻で笑った。「こんなふざけた映画でかよ」

「あら、おふざけと芸術は紙一重だって教えてきたつもりだけど」

不覚にも肩を揺すってしまった。そういえばこの人はいつもそんなことを言っていた。

ここでふと脇を見た。男が片膝をついてハンディカメラをこちらに向けていた。この期に及んでまだメイキングカメラを回しているのだ。

「あんた、もういいだろ。もう、やめてくれ」

恭二は力なく言った。だが男は相変わらず返答をせず、恭二を撮り続けている。

「河村さん、とりあえずこのカメラを遠ざけてくれ。この人、おれとは口を利いてくれないんだ」

「だって、あなたから気安く話しかけてくれるなって言ったんじゃない」

恭二が眉をひそめると、男はゆっくりサングラスとマスクを外した。

その顔を見て、恭二はハッとし、次に肩を揺すってしまった。

男はあのときのタクシーの運転手だった。あの車内までシーンの一つだったのか。そしてこのメイキングカメラマンもまた、役者だったのだ。

いや、実際はメイキングではなく、これが本編のカメラだったということか。

「とことんふざけやがって。なああんた、さすがにもういいだろ。カメラを止めてくれ」

恭二はカメラに手のひらを突きつけて言った。だが、男はその指示に従わなかった。

「まだ撮影は続いてるんだよ」達雄がニヤリと笑った。「おまえにここでネタバラシをするところまで映画は続いてるんだから。そしてこれが本当のエンディングだ——って、この台詞も台本通り」

恭二は口を半開きにしたまま固まっている。

そんな恭二の顔にカメラがグッと寄ってくる。

数秒後、ようやく意味が理解できて、恭二は額に手をやった。

「カット！　ＯＫ！　クランクアップです！」

ファン

1

会場に到着するなり、坂田純一はステージの裏口から中に入り、袖口からそっと顔を出して客席を覗き見た。

白いクロスを纏ったテーブルが数十卓、その一つ一つをぐるりと客が囲っている。総数はおよそ百名、男女比は六対四くらいか。

その誰もが恍惚とした表情で、ステージ中央でマイク片手に話す蒼生ちづるを見つめていた。神々しいものを拝むような、そんなとろんとした目をステージに注いでいるのだ。

純一はこの光景に懐かしさを覚えた。そして改めてこの二十二歳の女優をすごいなと思った。ちづるは絶世の美女でもなければ、とりわけ話術に長けているわけでもない。

今だって自身の日常を淡々と伝えているだけだ。そこには笑いもなく、当然オチもない。それでも彼らにとって今この瞬間は至福の時なのだろう。

しばらくして、ちづるが衣装替えのため、一旦ステージ裏にはけてきた。

「ちづる、おつかれさま」

純一が声を掛けると、彼女は「わ。びっくりしたあ」と涼しげな瞳を丸くさせた。

「そんな驚かなくても」

「だって、来てくれると思ってなかったから。いついらっしゃったんですか」

「今さっき。頭から参加しようと思ってたんだけど、現場が押しちゃってさ」

「そうだったんですね。大変なときなのにありがとうございます」

「大変？」

「だって、そうでしょう」

　上目遣いで言われ、純一は苦笑した。

「まあね。あとで愚痴らせてよ。終わったら自宅まで送っていくからさ」

「あ、うれしい。坂田さんに送ってもらえるなんていつ以来だろう。じゃあのちほどたっぷり話を聞かせてもらいますね」

　そう言い残し、ちづるは楽屋に入っていった。

　すると入れ替わる形で、ちづるの現マネージャーであり、会社の後輩の二葉健（ふたばけん）が近寄ってきた。

「坂田さん、今日蒼生さんのことを家まで送ってくれるんですか」

「うん。車で来てるし、このあとは予定もないから」

　そう答えると、二葉は肩の荷が下りたような、安堵（あんど）の表情を浮かべた。そんな後輩の額にデコピンを食らわす。「いい加減慣れろって」

　ちづると二人きりの空間が気まずい、と二葉はよくこぼしていた。話しかければ返答はあるものの、いつだってそれは素っ気ないもので、自分はちづるに嫌われているのだろうかと彼は気を揉（も）んでいるのだった。

「おまえ、ひと回りも歳下の女の子に何をそんなにビクビクしてるんだよ」

「年下といったって、あっちはタレントですし、それに自分は彼女が売れてから担当になったわけですから、やっぱり坂田さんと同じような関係を築くのはむずかしいですよ」

芸能プロダクション『ホリグチエージェンシー』に勤める純一が蒼生ちづるのマネージャーになったのは十一年前、彼女がまだ赤いランドセルを背負っているときだった。それから二人三脚で小さな仕事をコツコツとこなし、彼女は一段ずつ女優の階段を上っていった。そして去年、大河ドラマのメインキャストに抜擢(ばってき)されるまでに至った。

そこで純一は彼女の担当を外れ、後輩の二葉に後を引き継いだのだった。

「ところで坂田さん、今日のお客さんって、やっぱり馴染(なじ)みの人たちばかりですか」

二葉が一枚のプリントを手渡して訊(き)いてきた。目を落とすとイベントの客名簿だった。

「ああ」名前を見ただけでファンたちの顔が一人ひとり思い浮かんだ。「大抵は昔からのファンだな」

「やっぱりそうでしたか。抽選をしようが何をしようが、結局同じ人が入手しちゃうんだもんなあ。なんとかならないもんですかねえ」

二葉がやれやれとため息をつく。

およそ十年前から定期的に開催してきたちづるのファンクラブ限定トークショー『ちかごろ、ちづる』のチケットは、彼女の人気に比例して入手困難なものになっていた。ネットオークションでは十万円を超える高値がつけられているほどだった。

本人もプロダクションも正規の値段以上で買わないでくれと訴えているのだが、ファンは従ってくれない。彼らからすれば入手先がオークションだろうがダフ屋だろうがどうでもいいのだ。とくにちづるのコアなファンは金に糸目をつけず、どんな手を使ってでも入手しようとする。ゆえに新規のファンを会場で見かけることは滅多にない。

もっともこのささやかなイベントは、「わたしを昔から応援してくれている人たちのために」というちづるの思いからつづけているので、そういう意味では問題ないのかもしれないが。

それから一時間ほどして、イベントは無事に終幕した。

純一が車を会場の裏手に回し、ちづるを待ち構えていると、出待ちのファンらが取り囲んできた。運転席のウインドウを下げる。

「坂田さん、久しぶりじゃないですか。またちーちゃんにつくことになったんですか」

ファンのリーダー格である三十代後半の大山春雄（おおやまはるお）という男が声を掛けてきた。相変わらず柔和で、人懐っこい顔をしている。

「いや、今日はちょっと覗かせてもらっただけなんだ」

「戻ってきてくださいよォ。坂田さんがいなくなってから自分たちさみしいっすよォ」

こんな具合に長年のファンとは親しい口を利く間柄だった。馴れ合いになってもよくないのだが、十年もの付き合いともなるとどうしたって親近感が湧く。苦楽を共にした、といっては大げさだが、彼らなくして今の蒼生ちづるはない。

「おれの代わりに二葉と仲良くしてやってよ」

「いやあ、まあ二葉さんもいい人だとは思うんですけどね。でもやっぱり坂田さんとはちがうから」

「そんなこと言わないで、二葉のこともよろしく頼むよ」

そんなやりとりをしていると、後ろから「坂田さん、今週末そっちにも顔出しますんで」と声が上がった。

　声の主は周りからトミーと呼ばれる人物で、この男もちづるファンの中では古参だった。いつも奇抜な格好をしていて年齢は不詳だが、おそらく大山と同じか少し下くらいだろう。

「あ、トミーさん、また夢色キャンバスか」

「トミーさんはほんとDDだな」

「ちーちゃんに言いつけるぞ」

　口々にからかわれ、トミーは頭を掻いていた。DDというのはオタク用語で、『誰でも大好き』の略語である。

　トミーの本命はちづるだが、彼は最近、アイドルグループ『夢色キャンバス』のライブにもよく足を運んでいた。

　そしてこの夢色キャンバスを現在マネージメントしているのが純一だった。もっとも夢色キャンバスはまだ駆け出しで、世間的な知名度はほぼないに等しい。ゆえにさして仕事もなく、対バンのライブばかりに出演しているのだが、今週末に彼女たちの初めてのワンマンライブが渋谷で行われる予定だった。

「坂田さんも大変だね。十代の女の子らのマネージメントじゃいろいろと苦労も多いでしょう」

「まあ、それなりに。でもおれはあまり現場にはつかないから。若手のマネージャーに任せっきりなんだよね」

　すると、「ほんとにそう。坂田さんが夢色の現場にいるのは三回に一回」とトミーがからかうように言った。

「まいったなあ」と純一が頭を掻いて見せると、「でもこれからは夢色に本腰入れられるんじゃないですか」と大山が意味深な目で見下ろしてきた。

彼が何を言いたいのか、すぐにわかった。

純一は夢色キャンバスのほかに古島和哉（こじまかずや）という三十代前半のピン芸人をメインで担当していた。古島はテレビやラジオのレギュラーを五本抱え、若くしてワイドショーのコメンテーターなども務めていたのだが、少し前に不祥事を起こし、謹慎（きんしん）することになったのだ。

要するに大山は、暇になったでしょ、と純一に言いたいのである。

「本当に、お騒がせしてすみません」

このときばかりは殊勝に頭を下げた。するとそこにスタッフらに囲まれたちづるが姿を現した。ファンたちがややざわめく。

「みんな、いつもありがとう。またね」

ちづるはファンに向けて一言感謝を述べ、さっと後部座席に乗り込んだ。このあっさりした感じがちづるだった。ファンもみんな黙って手を振っており、けっして話しかけたり、触れたりしようとはしない。長年の付き合いからマナーが浸透しているのだ。

「みなさん、これからも蒼生ちづるをよろしくお願いします」

純一はファンにそう告げ、車を発進させた。

「そんなわけでさ、まったく復帰の目処（めど）は立ってないんだよね」

ハンドルを握る純一がため息交じりに言った。土曜の夜の玉川（たまがわ）通りは多くの車が行き交っている。

「そっか。かわいそう、古島さん」と後部座席からちづるの声。「けど、まあ自業自得か」

たしかにその通りだった。不祥事を起こしたのはほかの誰でもなく、古島自身なのだから。

古島はコメンテーターとして日頃、スキャンダルを起こした芸能人に苦言を呈していたにも拘(かかわ)らず、彼自身が結婚前に関係のあった元交際相手の女性とホテルで密会をしていたのだ。

先月末、某週刊誌にそれがすっぱ抜かれたと知ったとき、純一は気が遠のいた。古島はCMにも出演しており、そのほかにも広告塔としていくつかの企業に起用されていた。現在、その損害賠償について各代理店と調整中だが億を超えることはまちがいなかった。

「このまま引退、もしくは解雇(かいこ)なんてこともありうる感じですか」

「いや、それはないよ。古島の才能に疑いはないし、人間的にも悪いヤツじゃないってことは会社もよくわかってるから」

「でも古島さんってああ見えてナイーブっていうか、デリケートなところがあるじゃないですか。だから本人の気持ちが追いつかなそう」

「まあたしかにちょっと繊細なところがあるからね。っていうかよく見てるな、ちづるは。そんなに古島と関わりあったっけ？」

「前にバラエティ番組でご一緒させてもらったくらいですけど」

「ああ、映画の番宣で出たやつか。プライベートじゃまったくだろう」

「ええ。ただ、なんとなくそういう感じがして。けど、わたし未(いま)だに古島さんが不倫しただなんて信じられない。もしかしたら奥さんと上手(うま)くいってなかったのかな」

ちづるは本当によく人を見ているし、勘が鋭い。そして彼女のこれらの能力は芝居で遺憾(いかん)なく発揮される。だからオファーが途絶えないのだ。

古島は大御所にも臆せず絡むことのできる芸人で、ほどよい毒を吐くのが芸風なのだが、プライベートでは引っ込み思案で少々神経質なところがあった。

現在、古島のSNSアカウントは荒れ放題で、彼はそのことでひどく気が滅入っている。きっと一人でホテル暮らしを強いられていることも影響しているだろう。

実のところ、古島は妻と離婚調停中であり、別居中だった。今回の騒動が原因ではなく、その前からそうだったのだ。原因は妻の不倫だった。つまり、先に不貞を働いたのは妻の方で、彼はこれを元交際相手に相談しているうちに一線を越えてしまったのである。

純一はこうした内情を週刊誌に流して、世間の同情票を買う戦略を練ったのだが、これを古島は快く思わなかった。離婚するとはいえ、さすがに妻がかわいそうだというのだ。古島はそういう男だった。

「一応言っておくけど、ちづるもスキャンダルには気をつけてくれよ。今が大事なときなんだから」

ちづるには三つ年上の一般人の彼氏がいる。たしか付き合ってもうすぐ一年になるはずで、彼女の男性交際歴からすれば最長だった。

古風で控えめな見た目とは裏腹に、ちづるは意外と肉食系女子だった。とっかえひっかえというわけでもないが、彼女がフリーだった時期はほとんどない。

アイドルでもないので、十代の頃から男女交際に関してはある程度自由にさせていた。女優たるもの、そうした経験こそが芸の肥やしとなり、芝居に深みをもたらすのだ。処女のベッドシーンなど説得力がない。

「わたしの場合、彼氏がいるってわかってても関係がないと思うけど」

「だとしたってさ。まちがってても公言なんかするなよ」

数年前、一度彼氏のことがネットで噂になってしまったのだが、その直後に行われたイベントにファンはきちんと足を運んでくれた。「自分らはちーちゃんに彼氏がいようが、旦那がいようが関係ありません」これはいつだったか大山から言われた言葉だった。本心なのか、自らにそう言い聞かせているのかわからないが、たしかにちづるのファンには鷹揚な人が多い。「ちーちゃんの幸せが自分たちの幸せなんです。ですから彼女が望むのなら、自分らはなんでもします」彼らは本当にファンの鑑だと思う。

やがて車は池尻大橋を過ぎ、三軒茶屋に入ると、遠くにちづるの住む古いマンションが見えた。

「なあ、ちづる。いい加減引っ越した方がいいんじゃないのか。セキュリティだって気になるしさ」

純一はルームミラーで後方を一瞥して言った。ちづるはもうかれこれ四年ほど同じマンションに一人で住んでいる。当時の彼女の稼ぎからすれば相応だったが、今となっては釣り合わない。家賃はたしか十万円に満たなかったはずだ。質素といえば聞こえがいいが、もう少し贅沢したってバチは当たらないだろう。

「今、物件を探してもらってるんです」

予期せぬ返答にやや驚いた。この話題を振るたびに、ちづるは「不便もないし、今の家が気に入ってるから」と頑なに引っ越しを拒否していたのだ。

「実は最近――」

と問わず語りに始めたちづるの話は聞き捨てならないものだった。

ストーカー被害に遭っている――かもしれないというのである。定期的に届くはずの宅配物がメールボックスにないので不審に思い、業者に連絡を入れるときちんと配送していると言われたのだそうだ。また、先週末に仕事を終え帰宅すると、玄関の鍵が開いていたのだという。

「おいおい。なんだよそれ」ちょうど信号に捕まったので純一はサイドブレーキを引き、後方を振り返った。「今の話、会社は知ってるのか」

ちづるがかぶりを振る。「今、初めて話したから」

「どうして。真っ先に二葉に相談して、会社に報告してもらわないと。これ、大問題だぞ」

「だって、わたしの勘違いっていうか、何かの手違いかもしれないから、あまり騒いでもなって。ほら、わたしって昔からうっかりが多いじゃないですか」

「うっかりじゃなかったらどうするんだよ」

「まあ、そうですけど――あ、青」

純一は荒く鼻息を漏らし、前方に向き直ってアクセルを踏み込んだ。

「なあちづる、二葉とはどうなんだ？　うまくコミュニケーションを図れてるか」

「ええ。もちろん。どうしてですか」

「ううん、ちょっと気になっただけさ」

「もしかして、二葉さんがわたしのことで何か悩んでるとか」

言うか否か迷った、が伝えておくことにした。

「悩んでるってほどのことでもないようなんだけど、二葉のやつ、まだちづるに少し遠慮があるみたいでさ。あいつは優秀なんだけど、これまでちづるのような若い女の子を担当したことがないせいか、まだ上手いこと距離感が摑めないみたいなんだよな」

控えめにそう告げると、「なんだ、わたし遠慮されちゃってたのか」とちづるはぽつりと溢した。

「別にちづるが悪いわけじゃないんだから、責任を感じることないぞ」

「でも、まったく気づいてあげられなかったから」

車内にしばし沈黙が流れる。純一は咳払いをして、

「あいつ、実はものすごいおしゃべりなんだぜ。冗談なんかも結構言うしさ」

「そうなんですか。意外」

「だろ。そういうわけだから、ちづるの方からも少し歩み寄ってやってよ」

「わかりました。心に留めておきますね」

やがて見慣れたマンションの前に到着した。

「ありがとうございます。助かりました」ちづるが礼を口にし、降車する。

「もしあれだったら部屋まで送って行こうか」

「大丈夫ですって。坂田さんは昔から心配性なんだから」

「そりゃ心配するだろう。当たり前じゃないか」

純一が眉根を寄せて言うと、ちづるは、「なんか、とっても懐かしかった」と微笑を浮かべた。

純一が小首を傾げる。

「坂田さんとこうしておしゃべりするの。またわたしの現場に顔出してくださいね。それじゃおやすみなさい」

ちづるは軽やかにそう告げると、長い黒髪をなびかせて身を翻し、エントランスに入っていった。

「ちーちゃんも今や売れっ子さんだもんねえ」

帰宅後、妻に今日の出来事を話すと、彼女は焼酎グラスを片手にしみじみと言った。

一緒に夕飯を食べるときは二人で晩酌をするのが坂田夫婦の慣習だった。もっとも純一が不規則な生活をしているので、夕飯を共にすることは週に一回程度だ。中学生の娘と小学生の息子はすでに就寝している。

「きっとちーちゃんのお母さんも喜んでるでしょう」

ちづるは母子家庭で育った。両親は彼女が物心がつく前に離婚している。きっとそうしたことも、彼女が男性を求めてしまう要因なのかもしれないと純一は思っている。

ちなみに芸能人はなぜだか母子家庭出身の率が高く、とりわけ女の子の家庭がそうだった。ホリグチエージェンシーでも、所属する女性タレントの約半数の家庭に父親がいない。

だからだろうか、彼女たちは時として男性マネージャーを父親のように思い込んでしまうところがあった。若い頃から芸能界にいる子はとくにその傾向が強いように思う。

「ちづるはこれからもっと大きくなるよ。冗談じゃなく、もしかしたら令和を代表する女優になるかもしれないぜ」

「そんなことになったらあなたも鼻高々だね」

「まあな」

酒を口に含んだ。からん、と軽やかな氷の音が鳴る。

「ねえ、あなた後悔してないの？　ちーちゃんを手放しちゃったこと」

「うーん……まったくしていないっていうと嘘になるけど、仕方ないさ。おれが自ら選んだ道なんだから」

一年前、ちづるの担当を離れたいと会社に申し出たのは純一だった。けっして彼女に不満があったわけではなく、自分自身が環境を変え、芸能マネージャーとして仕事の幅を広げたかったからだ。ちづるを含め、これまで純一は役者をメインにマネージメントしてきた。おかげでドラマや映画、舞台などでは幅広い人脈を築くことができた。

ただ、四十を過ぎて新たなことに挑戦したくなった。自分の知らない世界を覗いてみたくなった。そこで近年、会社が力を入れ出しているお笑い部門に異動を願い出たのだ。同じ芸能界とはいえ、役者と芸人では畑がまるでちがう。現に当時の純一はバラエティやワイドショーのことはほとんどわからなかった。そうしたところで、イチから自分の力を試したくなったのだ。

もちろん周りからは「もったいない」と言われ、会社からもいい顔をされなかった。だが、純一の決意は固かった。

そうして、古島和哉のマネージメントを純一が担当する運びとなったのだ。売り出し中の古島を担当できたのは、彼の前マネージャーの退職が決まっていたことと、純一のこれまでの功績を会社が考慮してくれたからだろう。

ただし、一つだけ条件があった。それが四名からなる新人アイドルグループ、夢色キャンバスのマネージメントだった。「現場は若いのをつけるから、おまえもマネージメントチームに加われ」と命を受けたのだ。アイドルをマネージメントした経験はないが、きっと若い女の扱いに慣れていると思われたのだろう。

「夢色ちゃんたちもこれから売り出してあげなきゃね」

妻は家でよく彼女たちの楽曲を聴いている。酔っぱらうとたまに振付を真似して踊ったりもする。

「まあ、一応がんばるけどさ」

「あ、なにそれ。ちょっと前まで秋下政権に終止符を打つって息巻いてたじゃない」

苦笑した。ここ十数年、日本のアイドル界は秋下秀雄という有名プロデューサーの手掛けたアイドルグループが席巻している。

「そんな冗談を真に受けるなよ」

「あら、あれ冗談だったの？」

「ってわけでもないけど、大変なんだよ、夢色はいろいろと」

「男の子関係？」

「ご名答」

夢色のメンバーらが若手のイケメン俳優らと頻繁に遊んでいる、という噂を耳にしたのは先週のことだ。噂の出所はマネージャー仲間で、当人たちを問いただしたところ、彼女らはきっぱりと否定していたが、怪しいと純一は疑っていた。どうも彼女たちは大人と世間をナメている節があるのだ。

そしてもしこれが事実ならとんでもないことだ。

「仕方ないじゃない。彼女たちだって男の子と遊びたい年頃だもの」

「世間やファンはきみみたいに寛容じゃないの」

「だって、ちーちゃんだって若い頃から彼氏いたでしょう」

「ちづるはバレてないいし、それにあいつはアイドルじゃないだろう。夢色はまだこれからの子たちだし、今スキャンダルが出たら終わりだよ」

「ふうん。そういうもんなんだ」

「そういうもんなの」

「なんだかしがない世界ですなあ。芸能界っちゅうところは」

妻は大げさにかぶりを振って嘆き、やさぐれたおっさんみたいに酒を呷(あお)った。

純一が肩を揺すっていると、

「だってさあ、古島さんだってこういうことになっちゃったでしょう。ほんと気の毒で仕方ないわよ」と妻はため息交じりに言った。「わたしさ、芸能人に品行方正を求めたら芸が死ぬんじゃないかと思うの」

「ほう」

「たとえば、人間の人となりを五角形で表すとするじゃない。彼らのような人たちはそれが歪(いびつ)な形をしているのよ。欠けている部分があるからこそ尖(とが)って光り輝くところがあるわけでしょう。勝新(かつしん)や横山(よこやま)やすしを見りゃわかるじゃない」

「また極端な例を」再び肩を揺すり、妻のグラスに酒を注(つ)ぎ足してやった。「おっしゃる通りだけど、今はそういう時代じゃないの。さ、風呂入ってくる。あんまり飲み過ぎるなよ」

そう告げ、純一は席を立った。

ふだんはカラスの行水の純一だが、今夜はいつになく長湯をした。湯船の中でずっと考え事をしていたからだ。

古島の謹慎のこと、夢色キャンバスの噂のこと、そしてちづるのストーカー被害のこと。

程度の差はあれ、どれも気が重たくなるものばかりだ。ただ、すべてきちんと対応しなくてはならない。それがマネージャーの仕事なのだから。

2

「えーっ。ウソウソ。マジやばー」

夢色キャンバスのリーダー、アイノの騒ぐ声がドアの開け放たれた楽屋から聞こえた。

今日は彼女たちの初のワンマンライブの日で、その全行程をたった今終えたところだった。幸い三百枚のチケットはソールドアウトした。もっともこれには理由があり、チケットが五百円という破格の値段だったからだ。今日は彼女たちのお披露目なので利益は求めていない。

何事かと純一が楽屋を覗くと、大きいクマのぬいぐるみを抱きかかえ、顔を上気させているアイノの姿があった。おそらくファンからのプレゼントだろう。彼女たちもこれまで多少なりとも活動をつづけてきたので、多少のファンはついているのだ。ほかのメンバーも自分宛てに届いたプレゼントを熱心にチェックしている。

「坂田さん。ちょっといいですか」

と、現場を任せている女性マネージャーの佐野(さの)がそっと耳打ちしてきたので、共に廊下の隅に移動した。佐野はまだ二十代半ばのマネージャーになって三年目の子で、がんばり屋だが、タレントのマネージメントスキルという点においてはもう少し成長が必要だった。

「アイノちゃんが抱えてたあのぬいぐるみ、どうやら超レア物らしいんですよ。プレミアがついてて十五万くらいするらしくて」

「十五万？　アレが？」

「ええ。で、問題なのは――」

アイノが自身のインスタグラムのストーリーで頻繁にあのぬいぐるみの画像を取り上げていたことだという。佐野が何を言いたいのか、純一はすぐに察した。つまり、アイノは間接的にファンにおねだりをしていたらしい。

ファンにはけっして物をねだったりしてはならない。当たり前のルールだ。

「坂田さんから一言注意してもらえませんか。リーダーがそんなことをしているようでは、ほかのメンバーにも示しがつかないですし、なんなら真似する子も出てくるかもしれないし。わたしだとナメられちゃってて、彼女たちに話を聞いてもらえないから」

「ああ、わかった。どうせなら全員に改めて言うよ」

ここらで一回引き締めておいた方がいい。アイノに限らず、彼女たちはどうもプロ意識に欠ける。

純一は息張って楽屋に向かい、入室するなり「集合」と低い声で告げた。すると声色からチーフマネージャーの怒気を感じ取ったのか、メンバー四人は即座に立ち上がり、集まってきた。

「今日はおつかれさま。そして初のワンマンおめでとう。こういうめでたい日に注意するのも気が引けるけど、きみたち自身がエンディングで話していたように、今日が本当の意味での夢色キャンバスのスタートだから、ここで改めてファンとの距離感の話をさせてほしい」

この流れでアイノを詰問すると、「わたし、別にそういうつもりでインスタに上げてたわけじゃなくて――」と彼女は言い訳を始めた。

「たとえおまえがそういうつもりじゃなかったとしても、それを見たファンがどう受け取るかくらいわかるよな？　わからないか？」

アイノは不貞腐れたような顔で、小首を傾げた。

「みんなはどうだ？」全員を見回して訊いた。「ファンは推しが喜んでくれると思えば高価な物もプレゼントするだろう。だけど、その気持ちを利用するようなことは絶対にするな。ファンはきみらの足長おじさんじゃない。ファンと健全な関係を保てないならアイドルなんてやる資格はない。以上」

純一はきつく言いつけて楽屋を出た。ついでに廊下にいた佐野を手招きし、この若手マネージャーにも指導をした。

「佐野もダメなことはその場で一喝できるようにならないとダメだぞ。優しいのは構わないけど、時には厳しい顔を見せないとつけ上がるから。とくに彼女らはまだ十代だからさ」

すると、佐野は消沈したようにうつむき、

「自分でもわかってるんです、これじゃダメだって。わたし、最近ただの身の回りの世話係になっちゃってて……」

佐野はメンバーたちと同性で年齢もそう離れていないため、そこの距離感もまたむずかしいのだろう。

近いうちに、この部下のことを飲みに連れていってやろうと思った。タレントはもちろん、部下のケアも大切だ。

「それで結局、あのぬいぐるみはそのままアイノちゃんに渡しちゃっていいですか」

「もらってしまった以上本人から取り上げるわけにはいかないさ」純一は鼻息を漏らした。「ところで、あれをくれたファンは誰？　今度会ったときに、高価な物を買い与えないでくれとその人物にも釘を刺しておかないと」

「それなんですけど、実は誰かわからないんです」

「わからない？　どういうことだよ」

「いつのまにかプレゼントボックスの中に入ってて、宛先はアイノちゃんになってたんですけど、差出人は書かれてなくて」

「手紙とかが同封されてただろう」

「いえ、手紙もなかったんです。変ですよね」

たしかに妙な話だった。基本的にファンは自分の存在を推しにアピールするためにプレゼントを贈るのだ。これでは本当に足長おじさんではないか。

「じゃあのちほどアイノに確認しといて。本人なら誰だか見当がつくだろうから」

だが結局、アイノも贈り主が誰なのかわからなかった。佐野曰く、嘘をついている感じはなかったそうだ。

そしてこのぬいぐるみが夢色キャンバスを破滅に追い込むことになるとは、このときは夢にも思わなかった。

3

「坂田さん。もう、よした方がいいんじゃないですか」

となりに座る二葉の忠告を無視し、純一はカウンターの向こうにいるバーテンダーにおかわりを言いつけた。もう何杯目かわからない。今夜はひどく酩酊していた。

本日、夢色キャンバスの解散を正式に会社から言い渡された。初のワンマンライブから一週間後に解散が決まったアイドルグループなど前代未聞だろう。ライブのエンディングに、「今日がわたしたちのスタートの日です。ゴールはありません。一生一緒に突っ走ってください！」と彼女たちは叫び、会場は大いに沸いた。その滑稽さたるや、もう悲劇を通り越して喜劇だ。

アイノの隠し録りされた電話の音声がＳＮＳで拡散されたのは三日前のことだった。電話の相手はメンバーたちで、ただ問題はその会話の中身だった。

メンバーや事務所の悪口から始まり、噂のあった若手俳優らとの交遊、最悪だったのがファンたちのことを〈キモオタ〉〈カネヅル〉と彼女が称していたことだ。

本人ではないと否定する術はなかった。関係者しか知り得ぬ発言が多過ぎて、誰がどう聴いても声の主はアイノでしかありえなかった。

そしてその音声は彼女の自宅の部屋で録られたもので、調べてみると、例のクマのぬいぐるみの中に盗聴器が仕掛けられていたことが発覚したのだった。

もちろん犯罪なので警察に被害届を出したが、仮に犯人が捕まろうとも状況は何一つ変わらない。ファンや世間が記憶を抹消してくれるわけではないのだから。

「おれ、もしかしたらクビになるかもなあ」

純一はグラスの中を回る氷に目を落とし、つぶやいた。

「どうして坂田さんが？」

「古島の件も、今回の件もおれの管理不行き届きだからさ。露木専務にも『覚悟しておけよ』って脅されたしさ」

「そんな。あんまりですよ。坂田さんが悪いわけじゃないのに」

「いや、悪いよ。おれはマネージャーで現場の責任者なんだから」

クビは免れたとしても、降格、減給は避けられないだろう。この短期間にこれほど大きい問題を二つも起こしておいて、お咎めなしはありえない。

しかし、純一はそんなことはどうでもよかった。ただただ、目の前の現実に落胆していた。

芸能マネージャーになって二十年、これまで様々なトラブルを経験してきた。だが、これほど追い込まれたことはなかった。今年はかつてないほど呪われている。

そんな中唯一の救いといえば、古島に復帰の兆しが見えたことだ。ここ数日、テレビ局のプロデューサーをはじめ関係各位に改めて謝罪行脚をしたところ、多くの人から「これからも使うよ」と温情の言葉を頂戴した。中には社交辞令もあるだろうが、具体的な話をしてくれる人も少なくなかった。

きっと古島の人柄がそうさせたのだろう。彼が善人であることを関係者は知ってくれているのだ。

これを知らせれば古島も少しは元気を出してくれるだろうか。彼とは定期的に連絡を取っているがその声はいつだって沈み込んでいる。最後に話したときも、〈おれ、もう死んじゃおうかな〉などと自暴自棄な発言をしていた。

どうやら久しぶりにSNSを開いてしまったようなのだ。

スキャンダルが報道されてから二ヶ月近く経つというのに、未だ古島のSNSアカウントには誹謗中傷が相次いでいた。いったい何が楽しくてやっているのだろうと心底理解に苦しむのだが、世間とはそういうものなのだろう。正義を振りかざしたいじめっ子ほどタチの悪いものはない。

「タレントとマネージャーっていったいなんなんですかね」

ふいにとなりからそんな抽象的な台詞がつぶやかれ、純一は横に並ぶ後輩を見た。

二葉は今夜は自分に付き合って、飲めない酒を手にしている。この場を設けてくれたのも二葉だった。きっと担当するタレントが不祥事を起こした先輩を慰めたいのだろう。

「最近妙に考えちゃうんですよね。今回みたいな問題が起きたらマネージャーにも責任が及ぶわけじゃないですか。そういう意味ではタレントとマネージャーは一蓮托生なわけで、だとしたらそこに一定の信頼関係が必要であり、もしもそれが構築されていないのだとしたら、これはものすごく不健全で不安定な――」

理屈をこねる後輩の頭にチョップを落とした。

「くどい。簡潔に言え」

すると二葉はむずかしい顔で黙り込んだ。

「なんかあったのか」

だがその後も沈黙はつづき、やがて、

「数日前――」

と二葉がようやく重い口を開いた。

数日前、彼は今後のスケジュール表をちづるに見せたのだという。そこにはとある映画の撮影が（仮）で記載されてあった。つまり、まだ決定前の案件だということだ。

「その映画は富沢義彦監督の新作で、ライバルも多いし、ハードルがめちゃくちゃ高いんです」

「富沢義彦監督っていえば、去年の日本アカデミー賞の最優秀作品賞を獲った人じゃないか」

「ええ。ただ具体的なことはまだ何も決まってないんです。唯一、公開が再来年の春という情報だけは得たんで、そこから撮影期間を予想して、『スケジュールは空けておきますからうちの蒼生をぜひ』って制作側に売り込みを掛けていたんです。あちらの反応も悪くなかったので願望も込めてスケジュールに記載しておいたんですけど、ただ、蒼生さんはそれが気に入らなかったのか——」

——決定前の案件を書き込まないでもらえますか。

「って言われてしまって。さらには——」

——だいいちこれ、まったく聞いてませんけど。わたし、事前に相談してもらってましたか。

「って。もしかしたら監督のことを知らないのかなと思って、そのあと彼がどれほど業界で注目されている監督なのかを丁寧に説明したんです。それでも——」

——そういうことではなくて、動く前にわたしに相談するのが筋でしょう。仮に出演が決まって、わたしがそれを断ったら二葉さんはどうされるつもりですか。

「ウソだろう。本当にちづるがそんなことを言ったのか」

「本当です。自分も面食らっちゃって。さらには——」

——二葉さんはどんなときもまずわたしに伺いを立ててから行動してくださいね。

にわかには信じられなかった。

「言葉を失いましたよ。もちろん大御所だったら当然の言い分ですし、自分も勝手に動いたりなんかしません。ただ、彼女は最近でこそ多少売れてきましたけど、まだまだこれからの女優じゃないですか。営業一つするのにいちいち彼女に伺いを立てて、それから動くなんてことをしてたら仕事なんて取れやしませんよ」

「本人にそう伝えなかったのか」

「もちろん伝えましたけど――」

――言い訳は聞きたくありません。あなたはわたしの意向通りに動いてくれればそれでいいの。

「マジで開いた口が塞がりませんでした。自分だって業界でそれなりにやってきたつもりです。なのにまさかあんな二十歳そこそこの小娘に――あ、すみません」

純一は動揺を隠せなかった。「ちづるのやつ、いったいどうしちまったんだろう。あいつ、今までそんな口を利いたことないのに」

「やっぱり気に食わないんじゃないですかね、自分のことが」

皮肉っぽく二葉が口の端を上げた。

「いずれにせよ、それ以来、なんかやる気がなくなっちゃって。もう別にこの子が売れてくれなくてもいいかなあって。前任者の前でこんなことを言うのは気が引けるんですけど」

純一は自然と額に手を当てていた。いったいちづるに何があったのだろう。

「あーあ。今夜は坂田さんのための会だったのに、すみません、こんな愚痴を聞かせちゃって」

きっと何かしらの理由があるはずだ。そうでなければおかしい。あの子はそんな人間ではないのだから。

「もしかしたら、例のストーカーの件でストレスが溜まってるとか、そういうことなのかもしれない」

「さあ、どうだか」二葉が鼻を鳴らした。「その件だって自分は蚊帳の外に置かれましたし」

先日、純一から事情を聞いた二葉が「一緒に警察へ相談に行きましょう」とちづるに告げ、約束を交わしたものの、彼女は勝手に一人で用を済ませてしまったのだそうだ。

「彼女にとって自分はマネージャーではなく、ただの付き人なんでしょうね」

二葉が酒を一気に呷った。暗いバーの中にあってもその顔がひどく赤らんでいるのがわかった。

「ま、相性が悪いってことなのかな。自分も彼女が何を考えてるかちっともわからないですし」

「……………」

「この際だから言わせてもらいますけど、彼女ってちょっと不気味なんですよね。ついてるファンもなんだか妙な人が多いし。なんていうんだろう、タレントとファンというより、教祖とその信者みたいな」

やや呂律の怪しくなってきた二葉の話に耳を傾けながら、純一は携帯電話を取り出した。今すぐちづるに真意を訊ねたいと思ったのだ。

「結局、タレントって人種はみんな傲慢なんですよ。売れたら自分の力、売れなかったら事務所とマネージャーのせい」

だが、寸前で思い留まった。こんな酔った状態で話をすると危険だ。かえって話がこじれる気がする。それくらいの理性はかろうじて残っていた。

「ほんとたまんないし、やってられないっスよ」

結局、深夜まで飲んだ。いつ二葉と別れたのか、どうやって帰宅したのか、まったく覚えていなかった。

翌朝、妻に揺り起こされ、純一は悪夢から目覚めた。びっしょりと寝汗をかいていた。クビを言い渡される夢だったのだ。

おそらく昨夜(ゆうべ)、悪い酒をしこたま飲んでしまったからだろう。

「あなた、電話だって。さっきからずっと鳴ってるよ」

寝ぼけ眼(まなこ)を擦(こす)り、枕元で鳴りつづけている携帯電話に手を伸ばす。薄目で画面を捉えた直後、純一はバッと上半身を跳ね起こしていた。

相手は露木専務だった。この上長は滅多なことでは電話をしてこない。

息を吸い込み、携帯電話を耳に当てた。瞬間、〈この野郎っ。何十回掛けさせやがるんだっ〉と怒声が鼓膜に飛び込んできた。

「すみません。昨夜ちょっと飲み過ぎてしまって」

激しい舌打ちのあと、

〈今すぐ赤坂(あかさか)総合病院に行け。おれも向かってる〉

「病院？　あの、何かあったんですか」

訊くと、一瞬間が空き、

〈古島が自殺をはかった〉

酔いと共に、血の気が引いていた。

4

「サカさん」

と、ベッドに横たわっている古島和哉が虚（うつ）ろな目で天井を見ながら言った。カーテンの開け放たれた窓から穏やかな陽（ひ）が射（さ）し込んでおり、無精髭（ぶしょうひげ）の伸びた彼の頬を照らしている。

「おれさ、このまま引退しようと思ってる。こんなことまでしでかしちゃって、もう人前に立てないし」

ベッドの脇のスツールに座っていた純一はスッと立ち上がり、窓を開けた。柔らかい風が病室に入り込んでくる。

「今決めなくてもいいんじゃないかな。まずはゆっくり静養して、それからじっくり考えればいいさ」

微笑（ほほえ）み、柔らかく告げたのだが、古島からの返答はなかった。

一週間前、古島は仮住まいをしていたホテルの一室で多量の睡眠薬を飲み、自殺をはかった。従業員がリネン交換に訪れたところ、応答がなかったため不審に思い、部屋を覗くと床に倒れている古島を発見したのだ。古島は救急車で病院に運ばれ、即座に胃洗浄が行われた。そして一命を取り留めた。あと少し発見が遅かったら危なかった、と医師は話していた。

純一は己の迂闊（うかつ）さを激しく呪った。古島がこれほどまでに追い詰められているとは思っていなかった。彼はずっと崖（がけ）っ縁（ぷち）に立っていたのだ。

もちろんその地を用意したのは彼自身であり、そこに向かったのは彼の両足だが、背中を押したのはＳＮＳで執拗に誹謗中傷を繰り返していた連中だ。改めて確認してみたところ、そこには目を覆いたくなるほどの罵詈雑言が連なっていた。

『世間を欺いたんだから腹切って死ねよ下衆野郎』『おい古島、てめえ復帰なんて考えてないだろうな？　そのつもりなら全力で潰すから覚悟しとけよ』『不倫する人間はゴミ。ゴミはおとなしくゴミ箱にいるべき』『あなたが芸能界から消えても誰も困りません。この世から消えても誰も困りません。むしろ助かります』

　これらを送りつけた連中を絶対に許してはならないと思った。連中のしたことは自殺教唆だ。ならばきちんと法の裁きを受けさせたい。

　現在、事務所はこれらの投稿の開示請求訴訟を起こしている。近年、こうした手続きが迅速化され、インターネット上で誹謗中傷を繰り返した投稿者を容易に特定できるのだそうだ。

「サカさん、このあと警察署に呼ばれてるんだっけ」

　ふいに古島が言った。警察から連絡があったのはつい先ほどだった。どうやら一線を越えた投稿を繰り返していた連中をすでに割り出せたようだ。現代のサイバー捜査の技術をもってすれば匿名など無意味なのだろう。

「うん。厳重注意を着地にするつもりはないよ。しっかりと責任を取らせるから」

「それ、いいよ。別に」

　意味が理解できず、純一は小首を傾げた。

「誰が書き込んだとか、そんなの、もうどうでもいいよ」

「よくないって。ああいう連中をのさばらせちゃダメだろう」

「いいって」

「コジがよくてもおれはよくない。大切なタレントがここまで追い込まれて、見過ごせないよ」

憤(いきどお)って言った。

すると、「彼らじゃない」と古島はぽつりとつぶやいた。追い込んだのが彼らではないという意味だろうか。

「じゃあ、誰だよ。すっぱ抜いた週刊誌だっていうのか」

古島はしばらく黙っていたが、やがて、

「レミなんだよ。おれを売ったの」

意外な名前が出てきて、純一は眉をひそめた。

「あいつがおれを週刊誌に売ったらしいんだ」

レミというのは古島の元交際相手で、彼が謹慎に至った原因の女だった。

実のところ彼女はもともとホリグチエージェンシーのタレントだった。プライベートで金銭トラブルがあり、それが理由で数年前に解雇されていたのだ。

「冗談だろう。そんなのただの噂じゃないのか」

「いや――」古島がスッと目を閉じた。「おれ、直接本人を問いただしたんだ。そうしたら最初は否定してたけど、最後には泣いて認められちゃったよ。ハナからそのつもりでおれに接触したって」

とても信じられなかった――が、真実だとしたら実に恐ろしい話だ。

そしてあまりに古島が気の毒だった。彼は妻に不倫され、元交際相手に裏切られ、仕事を奪われたのだ。そして世間から血祭りに上げられた。

「レミはさ、昔から金にだらしないところがあったけど、本当は情け深くて、けっして人を裏切るようなヤツじゃなかったんだ。少なくともおれはそう思ってた。でも、まちがってたんだな。突然見知らぬ男から、『古島をハメれば借金を消してやる』って持ち掛けられたらしくて、そんな怪しい誘いに乗っかっておれを――」

「おい、ちょっと待てよ」聞き捨てならない話に思わず声が大きくなる。「なんだよ、その見知らぬ男って。レミ自身も誰かの指示で動いてたってことか」

「らしいよ」古島はふーっと長い息を吐いた。「つまり、誰かがおれを意図的に陥れようとしてたってことだろ。その男はたぶん同業者の誰かの使いだと思うんだけど、いったいどいつが黒幕なんだろうって考えたら、候補があまりに多過ぎてさ、それに気づいたらなんだか絶望しちゃったんだよね」

古島は自虐的な笑みを浮かべている。

「もう、そういうヤツらがたくさんいる世界にいたくないなって。だからやっぱり、おれは引退するよ」

赤坂総合病院を出て、タクシーで渋谷警察署に向かった。古島の語っていた話が頭を占拠していた。そんな陰謀が存在していたことに驚きを隠せなかった。

警察署では狭い個室に通され、待つこと数分、バインダーを抱えた中村という初老の刑事がやってきた。中村にはアイノの盗聴の件でも窓口に立ってもらっている。

中村は席に着くなり、「どう、芸人さんは元気になった?」と早速馴れなれしい口を利いた。

この白髪の男の刑事は無神経なところがあった。アイノを連れて初めて相談に訪れた際も、「きっとどこかで誰かの恨みを買ったんだろうね」と本人を前にして言い放ったのだ。

「電話でも話した通り、うちの特別捜査課がこうして悪質なクレーマーを割り出したんだけど」中村が手の中のバインダーをちょこんと持ち上げて見せた。「で、マネージャーさん、本当に告訴するの? ふつうは厳重注意で済ますんだけど」

「いえ、します。名誉毀損罪と侮辱罪が適用されるんですよね」

「まあそうだけど。でも、あんまり事を荒立てない方がいいんじゃない。芸人さん自身は穏便に済ませたいって言ってるわけでしょう」

「当人は今、気弱になっているだけです」

「けど、こういうのって当人しか告訴できないわけよ」

「だったら、わたしが説得します」

語気を強めて告げると、中村はため息をつき、「有名税だと思うけどなあ」と不満げに漏らした。

「じゃあ今度ここにご本人を連れてきて。改めて告訴状を書いてもらうから。それと——」中村がバインダーを卓上に滑らせてくる。「最後にこれを確認してちょうだい」

「これは?」

「告訴される人たち。ネットの世界だけじゃなくて、実生活においても芸人さんを攻撃しているような危険人物がいないかだけ、一応マネージャーさんに確認しといてもらいたいのよ」

目を落としてみるとそこには出席名簿のように縦に名前が並んでいるだけだった。その数、およそ二十人か。

意外と少ないなと思った。古島のＳＮＳの中では、もっと多くのアカウントから罵詈雑言が放たれていたのだ。

「ぼくなんかは門外漢だから詳しく知らないけど、こういうのって一人がいくつもアカウントを持てるんでしょう。それを使って執拗におたくのとこの芸人さんを攻撃してたのがこの人たちなのよ」

いずれにせよ、これだけでいったい何を確認しろというのか、そう思った純一だったが、記載されている名前を目で追っていくうちに違和感――いや既視感を覚えた。

「で、詳しく調べてみたところ、一線を越えたという意味でこの二十数人が該当するわけ。この辺りの線引きは難しいところなんだけども」

どこかでこれらの名前の羅列を見たことがある。これも、これも、この名前だってそうだ。ここに記載されている名前のほとんどに純一は見覚えがあった。

「こういうことがあるとさ、インターネットなんてろくなもんじゃないと思っちゃうよね」

自然と口元に手を添えていた。

どういうことだ。これはいったい――。

5

「あのう、坂田さん？」

横から佐野に呼ばれ、ハッとなった。事務所のデスクで、純一は重い思惟(しい)に沈んでいた。

「それで、どう対処しましょうか」

「ええと、ごめん。なんだっけ」

佐野が眉をひそめる。「ですから、夢色のライブ映像の件です。先方の担当者から『オフラインだけは仕上げてあるので一応送りましょうか』って連絡があって」

「いや、要らないかな。もらっても仕方ないし」

「ですよね」

「きっちり謝罪しといて。ギャラは全額払うから請求書をくれって」

夢色キャンバスのワンマンライブには外注の映像チームを入れていた。のちにＤＶＤにして販売するためにそうしていたのだが、当然これはお蔵入りだった。彼女たちの門出の記録は誰に見られることもなく、消し去られるのだ。

だがここで純一はあることに思い至った。立ち去ろうとしていた佐野の背中を「待った」と呼び止める。

「映像だけど、あれってたしか客席やロビーも撮ってたよな」

「ええ。そのようにお願いしましたから」

「だったら、やっぱり取り寄せて」

「え」

「ただしオフラインじゃなくて、もとの素材すべて手つかずの状態で送ってくれって。データ便で送ってくれたらこっちでダウンロードするから」

佐野は不思議そうな顔をして数回うなずいた。

ほどなくして映像はデータ便で届き、ダウンロード後、純一はすぐに視聴を始めた。

はたして、開場前の客の列の中に目的の人物を発見した。もちろん見切れている程度なので顔までは正確に確認できないが、この背恰好と奇抜な服装はあの男にまちがいないだろう。

そして――やはり手に大きな紙袋を持っていた。確証はないが、おそらくこの紙袋の中に例のクマのぬいぐるみが入っていたのだ。

血がせり上がってくるような感覚があった。体温が急上昇してくる。

だが、なぜ？

なぜ、この男はこんなことをしたのだろう。

そして、なぜ彼らは古島を執拗に攻撃したのだろうか。

答えは出ないが、この謎の背後に潜む人物はただひとりしかいない。

ここで携帯電話が鳴り響き、純一はびくんと反応した。見やると相手が脳内で像を結んでいた人物だったので驚いた。

呼吸を整え、応答すると、〈助けてっ〉とちづるの叫ぶ声が鼓膜に飛び込んできた。

タクシーに乗り込み、ちづるの自宅へ急行した。車内で一一〇番し、警察にもすぐさま駆けつけるよう要請した。

「もっと飛ばして」

「もうだいぶ飛ばしてますけど」と運転手。

「いいからもっと」

「勘弁してくださいよ。捕まって免停食らったらこっちは商売できないんですから」

つい舌打ちを放ってしまう。

先ほどのちづるの電話だが、〈助けてっ〉の一言のあと、すぐに切れてしまった。その後何度折り返しても応答はない。

もう何がなんだかわからない。いったい、ちづるの周辺で何が起きているのか。

数週間前、ちづるを自宅まで送り届けて以来、彼女とは連絡を取っていなかった。ストーカー被害のことや二葉との不仲のこと、それらについていつか話をせねばと思っていたが、自身の身辺が慌ただしくて連絡できていなかったのだ。

やがてちづるの住むマンションに到着すると、そこにはパトカーが数台、くるくると赤色灯の光を放った状態で停まっていた。どうやら警察は先に到着していてくれたようだ。辺りには野次馬が続々と集まっている。

純一はタクシーを飛び降り、すぐさま近くにいた制服警官の肩を後ろから摑んだ。

「今どんな状況ですか」

「ええと、おたくは――」

「通報した者です。被害者の関係者です」

その後、制服警官から説明がなされた。警察も到着して間もないらしく、数分前にちづるの住む404号室に警察官らが向かったという。聞き終えるや否や、純一は「あ、ちょっと」という制止を振り切り、エントランスに駆け込んだ。

エレベーターを待つのももどかしく、純一は非常階段を駆け上がった。

すると階段の中程で、上から下りてきた男たちと出くわした。警察官たちだ。

そしてその中央には見慣れた男の顔があった。

ちづるのファンのリーダー格である、大山春雄――。彼の両手首には合金製の手錠がなされていた。

目を見開いて立ち尽くす純一に対し、大山は無表情で頭(こうべ)をちょこんと垂れた。

言葉が出てこなかった。思考回路が完全にショートしていた。

「失礼。お知り合いですか」

警察官に訊かれた。

自分は被害者の元マネージャーであり、この男はちづるのファンであることを簡潔に説明した。

「そうでしたか。どうやらこの男、勝手に被害者の部屋の合鍵を作っていたようなんです」

「合鍵?」

「ええ。それを使って部屋に侵入したところ、被害者が帰宅してしまい、鉢合わせになったようです」

もう、完全に理解不能だ。

「それでその、ちづるに怪我(けが)は?」

「ご心配なく。指一本触れられていないようです。ご本人は現在警官に付き添われ、部屋で休んでおられます。では、我々はここで」

「ちょっと待ってください」純一は警察官に言い、大山の胸ぐらを両手で摑み上げた。「あんた、どうしてこんなことを」

大山春雄はちづるがデビューしたての、それこそ彼女が小学生の頃からのファンだった。この手の少女好みの連中はいずれ対象が大人になれば興味を失い離れていくものだが、大山はそうではなかった。彼はいつだってちづるの現場へいの一番に駆けつけ、だがけっして出過ぎた真似をせず、良識と節度をもって彼女を見守ってきたのだ。

そう、大山は清く正しい、蒼生ちづるの正統なファンだったはずだ。そんな彼がなぜこんな常軌を逸した行動に出たのか。

大山はずっと無言のまま、目を細めてじっと純一を見据えていた。

「すみません、そろそろ」

警察官が手刀を切り、大山を連れ去っていく。

その背中が視界から消えるまで見送ったあと、純一はちづるの部屋に向かった。インターフォンは鳴らさずノブに手をやると、ドアはそのまま開いた。

はたして彼女は女性警官に付き添われ、居間のソファーに座り、両腕を抱いて身を震わせていた。そして純一を認めると、迷子の幼子が親と対面したような、そんな安堵の表情を浮かべた。その両目には大粒の涙が溜まっている。

純一は女性警官に身分を明かし、二人きりにさせてもらうように申し出た。

女性警官が離れたところで、純一はちづるのとなりにそっと腰を下ろした。

「大変だったな」

ちづるが無言でうなずく。

「怪我はないって聞いたけど」

再びちづるはうなずいた。

「本当に無事で何より。おれに電話をくれてから、警察がやってくるまでここにいたのか」

「はい」

「大山と？」

「そうです。あの人を必死に説得していて。こんなことしたらダメでしょうって」

それで彼女は電話に出られなかったのか。

その後はしばらく沈黙がつづいた。ほかにもちづるに聞きたいことは山ほどあったが、どこからどう切り出せばいいのかわからなかった。

古島和哉をＳＮＳで攻撃していた連中は全員、ちづるの古参のファンだった。古島を陥れるため、レミに接触してきたという謎の人物もちづるのファンの一人だったのではないだろうか。

少なくともアイノの件はそうだ。あのぬいぐるみを持ち込んだのはちづるのファンであるトミーにまちがいない。

だがなぜ彼らはこんなことをしたのか。その動機がまるで見えてこない。

一つ確実なのは、彼らは個々に動いていたわけではないということだ。これらがすべて偶然だなんて到底思えない。

彼らは何者かの指示のもと、いっせいに古島を攻撃した。

トミーもまた何者かの指示を受けて、夢色キャンバスを潰しに掛かった。

もしかすると大山春雄も何者かによる指令でこんな凶行に及んだのではないか。

そのとき、

――彼女が望むのなら、自分らはなんでもします。

突如として純一の脳裡で声が上がった。ちづるのファンが常々口にしていた台詞だ。

直後、純一は戦慄していた。

すべてはちづるの指示のもと――？

小刻みにかぶりを振った。まさか、そんなことあるわけがない。絶対にない。だいいち、この子がそんなことをする理由はどこにもないではないか。

そのとき、

「スキャンダル、起きちゃった」

ふいにちづるが蚊の鳴くような声でつぶやいた。

「坂田さんに気をつけろって散々言われてたのに」

「なに言ってるんだよ。これはちづるのせいじゃないだろう」

「だとしても、家の中に男の人に入られただなんて、邪推をされるにきまってる」

「………」

「わたし、これからどうしよう」

ちづるは両手で顔を覆い、うつむいた。

純一は呼吸を整え、身体を開いて彼女に正対した。そして両肩に手をやった。

「安心してくれ。もちろんこんな騒ぎになって、世間に隠し立てはできないだろうけど、マスコミにはできる限りの規制を掛けるから。いや、逆に記者会見を開いてちづるの無事をアピールしてもいいかもしれない。いずれにせよ、蒼生ちづるのイメージダウンにならないように会社は全力できみを守る。約束する」

そう伝えると、「会社？」とちづるはつぶやき、ゆっくり顔を上げた。

つづいて彼女は緩慢な動作で純一の両手を取った。

その手は氷のように冷たかった。

「坂田さんじゃないんですか。わたしを守るのは」

「え」

ちづるが憂うような、濡れた眼差しで見つめてくる。

「だってそうでしょう。あなたはわたしだけのマネージャーなんだから」

いいね

1

「お母さん。それ、いつまでやってるわけ？　いい加減お風呂入って寝れば」

石川恵子が自宅の玄関に置いてある姿見の前で自撮りをしていると、背中の方から十九歳の娘の日向の声が上がった。鏡には日向の呆れた顔が映し出されている。

「だって、中々いい感じに撮れないんだもの。あ、そうだ。日向も一緒に写ってよ」

「イヤ。こっちはすっぴんだし、パジャマだもん」

「別にいいじゃない。あなた若いんだし」

「イーヤ」

「もう」

「おやすみ」

「え、もう寝るの」

「うん。明日ワンちゃんたちのお散歩当番の日だから、朝早く学校に行かなきゃいけないの」

日向は表参道にある動物看護専門学校に通っていた。現在は二年生ですでに就職先は決まっており、彼女は半年後に社会人になる。

「ほんと、ほどほどにね。おやすみ」

日向はそう言って一旦姿を消したものの、すぐに壁際からひょっこり顔だけを出した。

「お母さん。どうせあとで加工するんだろうけど、し過ぎはやめてね。この前の写真、脚を引き伸ばし過ぎてて、背景歪んじゃってたよ。ああいうのは恥ずかしいからやめて」

「わかってるって。フォロワーさんからも指摘されちゃったし」

「それと、顔のシワをゼロにするのもやめた方がいいよ。いくら芸能人だからってそんな五十歳、存在するわけないんだから」

「もう、イヤなことばかり言って」

「お母さんのために忠告してるの。おやすみ」

日向は三回目のおやすみを口にして、去っていった。数秒後、バタンと部屋のドアが閉まる音が響く。

恵子は鼻息を漏らしてから、自撮りを再開した。

恵子がインスタグラムを始めたのは半年前の五月、きっかけは日向が自身の持つアカウントに母娘のツーショットを載せたことだった。

はたしてその投稿には《姉妹みたい》《お母さんめっちゃ美人》《ママ若過ぎるでしょ！》といったコメントが多数寄せられたものの、恵子はそれらを見て愕然としてしまった。

なぜなら大半の者が、自分が石川恵子であるということに気づいていないのだから。

いや、そうではない。そもそも女優・石川恵子の存在をみんな知らないのだ。

いくら日向のフォロワーが若い人たちで占められているだろうことを差し引いても、これには恵子も相当な危機感を覚えた。

一時期より減ってしまったとはいえ、恵子は今でもそれなりにメディア露出はあるのだ。その時期に放送していた連ドラにはレギュラーで出演していたし、今現在も流れている洗濯洗剤のＣＭにも母親役として起用されている。

恵子は十五歳のときに街中（まちなか）を歩いていたところをスカウトされ、アイドルとして芸能界デビューをはたした。デビュー曲と次曲はそこそこだったものの、三曲目でメガヒットを出し、スター街道に足を踏み入れた。その当時、恵子が表紙を飾った雑誌は飛ぶように売れ、ドラマや映画で与えられる役はヒロインばかりだった。中には最高視聴率三十％を超えた作品だってある。

なのに、それなのに、である。今の若い人たちは恵子のことを、ただのキレイなおばさんと思ったのである。

恵子は今さらながら時代が変わったことを痛感した。やはり現代はテレビだけでなく、インターネットも駆使して世に存在をアピールしていかねばならないのだ。

それはつまり、ついにＳＮＳを始めるときが来たということだ。

だがそれを所属事務所のスタッフたちに提案すると、全員から反対をされた。マネージャーからチーフマネージャー、さらには事業部長、あまつさえ社長まで出てきて「恵子、早まるな」と言われたのである。肝心な理由は、「恵子にはそういうのは向かないと思う」という身も蓋もないものだった。

当然、納得できるはずもなく、恵子は強行突破でインスタグラムを開設することに決めた。

ただ恵子は極度な機械音痴であり、そもそもＳＮＳというものの概念もあまり理解できていなかった。はたしてどのような手順を踏めばインスタグラムというものを始められるのか、また、どのような内容の記事を投稿していけばいいのかがまったくわからなかった。

そしてそれを担ってくれたのは娘の日向だった。娘はものの数分で「はい。できたよ」と母のアカウントを開設し、投稿する記事の中身に関しても丁寧に指導をしてくれた。

それでも最初は戸惑ったが、恵子がインスタグラムの虜になるのにさほど時間はかからなかった。今では、なぜこんなに楽しいものをこれまでやってこなかったのか、と悔やんでいるほどだ。

「よし。これでいいかな」

恵子はそう独り言ち、慣れた手つきでアプリを使って自身の顔に加工を施した。指先一つで十歳も二十歳も若返れるのだから、技術の進歩というのは恐ろしい。

メッセージにはこう書いた。

《今夜のパジャマはＬＩＬＹＳＩＬＫです。おやすみなさい。チュッ♡》

プライベートを隠すのが芸能人だなんていうのは古い考え方で、今は積極的に日常を晒け出していかねばならない。

恵子は朝昼晩と一日に三回の投稿を欠かさず、なおかつ見た人が〝いいね〟をしやすく、フォローをしてくれるような写真と記事を心掛けている。主なターゲットは同世代よりちょっと下のＦ２層。もちろんＦ１層、あわよくばＴ層にも石川恵子を知ってもらいたい。

現在のフォロワー数は八万五千人。なんとか年内に十万人を突破したいところだ。

インスタグラムは恵子の目下一番の関心事だった。

この日は現在撮影中のドラマの現場が急遽撮休となり、一日オフとなった。そこで恵子は久しぶりに友人の佐野宏美を誘って青山にランチへ出掛けた。

宏美はすでに引退しているものの、恵子と同時期にデビューしたアイドルだった。彼女は人気絶頂だった二十代半ばのときに結婚をし、そのまま芸能界を去った。以来メディアには一度も出てきていない。

ちなみに恵子と宏美が親しくなったのは彼女が一般人になってからだ。当時はお互いのことを——とくに恵子は——ライバルとして見ており、音楽番組などで共演しても一切目を合わさなかった。

ところが、恵子の娘の日向と宏美の三男がたまたま同じ幼稚園に通うこととなり、そこで保護者同士が顔を合わせたことによって仲が深まった。

初めて二人でお茶をしたときは、時間を忘れて当時の思い出を語り合った。共に青春時代を芸能界に捧げてきた身なので、深いところで苦労を分かち合えたのだ。

「ふうん、インスタねえ」

テラスのテーブル席で向き合う宏美がストローでアイスティーをかき混ぜながら言った。今日の東京の空は気持ちのいい秋晴れで、穏やかな日差しが降り注いでいる。

「恵子もとうとうそういうのを始めたんだ」

「始めたのは半年くらい前だけどね」

やはり宏美は恵子のインスタグラムの存在を知らなかった。彼女は友人の芸能活動に、というより今の芸能界自体にあまり興味がないのだ。

「わたしの周りの主婦も結構やってる人多いみたいだけどね」

宏美がアイスティーを啜って言う。

「そうそう。結構うちら世代の人もやってるのよ。若い子だけのものじゃないの」

「けどさあ、どうなの」

「どうなのって何が」

「ああいうのって、疲れない？」

「全然。むしろ息抜きになっていいよ。フォロワーとコミュニケーションを取るのも楽しいし、〝いいね〟をもらえると単純にうれしいし。っていうか宏美も始めてみたら？」

恵子が勧めると、冗談はよしてと言わんばかりに、宏美は声に出して笑った。

「話題になると思うけどなあ。佐野宏美が二十五年の沈黙を破るみたいな」

「なるわけないじゃん。誰もわたしのことなんて覚えてないって」

「覚えてるって。それに当時のファンはめちゃくちゃうれしいと思うよ」

「いい、いい。そもそも話題にされたくなくて辞めたんだから」

宏美の引退の理由は、これ以上スポットライトを向けられたくない、というものだった。彼女はプライベートのない生活に嫌気がさして芸能界を去ったのだ。

「ねえ、宏美。芸能界辞めたこと、後悔したことってない？」

訊くと「ないよ」と即答された。

「一度も？」

「うん。一度も」

「どうして？」

「どうしてっていう意味がわかんないんだけど。だって、一般人として過ごしてる方が楽だし、楽しいもん」

すごいなと思うのと同時に、自分には考えられないと思った。恵子は人から注目されなくなったら心臓が止まってしまうかもしれない。

「じゃあさじゃあさ」と恵子は前のめりになった。「もしも三十五年前のデビュー前に戻れるなら、宏美はそもそも芸能界に入らない？」

こう質問すると、宏美はむずかしい顔をして「うーん」と唸（うな）り、「どうだろう。入らないんじゃないかなあ」と答えた。

「でも芸能界に入ってなかったら、レコード大賞の新人賞なんかも消えちゃうんだよ」

宏美はアイドル歌手として日本レコード大賞の新人賞を受賞しているのである。

ちなみに当時の宏美のキャッチコピーは『ビー玉アイズの箱入り娘』というものだった。若かりし頃の宏美は黒々とした丸い瞳が印象的な、お嬢様風の可憐（かれん）な少女だったのである。正直、今は見る影もないのだけど。

「新人賞は消えてもいいかな。というかむしろ消えてもらいたい」宏美は顔をしかめて言った。「正直まったくうれしくなかったし。はいこの歌詞覚えて、はいこの振り踊ってって、周りの大人たちに言われるがままやってたら新人賞受賞ですって言われて、こっちは、へ？　って感じだったもん。だいいちわたし、音痴だったじゃない」

恵子は噴き出してしまった。宏美はお世辞にも歌が上手（うま）いとは言えなかったのだ。ところどころで調律の狂ったピアノのように音程が外れるのである。

「そんな笑わないでよ。音感って努力じゃどうにもならないんだから。それなのに恵子なんかと比べられてさ。こっちは恥ずかしいったらないよ」

宏美とちがい、恵子の歌唱力は世間から高く評価されていた。最近では人前で歌うことも滅多にないが、今でも喉は錆びていないだろう。

ちなみに当時の恵子のキャッチコピーは『デンジャラス。恋の落とし穴』という、今思えば小っ恥ずかしいものだった。

「そりゃあ、芸能界で学んだこともたくさんあったし、特別なことをさせてもらったことには感謝してるけど、やっぱり代償が大き過ぎる。一人の女の子の、ふつうの青春を犠牲にしてまでやるもんじゃないと思う」

「そっか」

宏美らしい、自分とは異なる意見だ。恵子はふつうなど求めたことがない。もちろんマスコミに追われたり、ストーカー被害に遭ったりと、過去を振り返れば辛い思い出も少なくないが、それでもこういう仕事なんだからと割り切っていた。それこそ華々しさの代償だ。

「それはそうと恵子、日向ちゃんは元気にしてる？」宏美が話題を変えた。

「うん。元気だよ。そういえばあの子最近ね――」

日向が赤坂にある動物病院に就職が決まったことを告げると、「えらいねえ、日向ちゃんは」と宏美はため息交じりに言い、「うちのバカ息子にも見習ってもらいたいわ」とボヤいた。

「晴翔くん、どうかしたの？」

晴翔とは日向と同い年の宏美の三男だ。

「大学やめたいんだって」

「どうして？」

「つまらないからって。ふざけてるでしょう」

聞けばその原因はコロナ禍にあるらしい。

「もちろん息子に同情する気持ちもあるよ。だってせっかく一浪までして大学に入ったのに、リモートのオンライン授業ばかりなんだもん。そのせいであの子、未だに大学に友達がいないんだって」

なるほど。それはたしかにかわいそうだ。

「けど晴翔くん、大学やめてどうするの？　就職したいって？」

「ううん」宏美はかぶりを振り、顔をしかめた。「それこそさっきの話じゃないけど、俳優になろうかな、だって」

「あら」

「で、入り口だけお母さんのコネでなんとかならないかとか、ふざけたことをぬかすわけ。んなもんあるかいって叱り飛ばしたら、じゃあ自分でなんとかするって言って、家で履歴書なんかをしこしこと書いてるわけ。もう信じられないでしょう」

「なんでよ、応援してあげればいいじゃない」

「冗談。うちの息子を知ってるくせに。あの子が俳優なんかになれるわけないじゃない。十年やったところでエキストラが関の山よ」

宏美は手厳しい意見を言い放ったあと、「日向ちゃんはそういうことなかった？　自分も芸能界に入りたいとかさ」と訊いてきた。

三秒考えた。「ないね。そういえば」

「あ、そう。日向ちゃん、美人なのに」

「あの子はこっちの業界に興味ないみたい。かといって動物をどこまで好きなのかもわからないけどね。だってペットを飼いたいなんて言ったこと、これまで一度も――」

そんな話をしていると「お待たせしました」と店員が料理を運んできた。テーブルに洒落たパスタが二つ置かれる。

「ね、宏美。この料理と一緒に写真撮ろうよ」

「まさかインスタに載せるつもりじゃないでしょうね」

「バレた？」

宏美が睨みつけてくる。「ほら、スマホ貸して。恵子一人で撮ってあげるから」

そう言って宏美が恵子のスマホを構える。

「はい、チーズ」

恵子は撮ってもらった写真に例のごとく加工を施した。今ではそこらの若い子なんかより上手くアプリを使いこなしている自信がある。

「ちょっとやり過ぎなんじゃないの」宏美が横からスマホを覗き込んで言った。「顔が蠟人形みたいになっちゃってるじゃない」

「いいの、いいの。これくらいが流行りなんだから。ねえ、名前だけなら出してもいい？」

「だからダメだって」

ちぇっ。佐野宏美の名前を出せば話題になり、〝いいね〟がたくさんもらえると思ったのに。

《本日はお仕事がお休みなので、お友達と青山にランチに来ました。お天気もいいし、最高です。#石川恵子　#女優　#大人可愛い　#大人女子　#美魔女　#美肌　#艶肌　#艶髪　#アンチエイジング　#キレイになりたい　#キレイをあきらめない》

こうした人気のハッシュタグは欠かさない。より多くの人に見てもらえるからだ。

だが、この写真が思わぬ騒動を招くこととなった。

「恵子、なにを考えてるんだっ」

古びた事務所の応接室に社長の樋口の怒声が響き渡った。

樋口のとなりには身を小さくしているマネージャーとチーフマネージャー、そして芸能界の重鎮である会長の桑原一騎が座っている。

その昔、樋口は恵子のマネージャーを務めており、桑原は当時社長だった人物だ。

「悪気があったわけじゃないんです」

恵子はしょぼくれて言った。

「そんなの当たり前だろう」樋口が呆れたようにかぶりを振る。「いいか、おまえは公人と同じなんだぞ。世間に対して影響力があるんだよ。そういう人間がコロナ禍の今、人の多い青山の飲食店なんかにのこのこ出掛けて、しかもマスクもしないで写真を撮るってのはどういうことだ。え？　世間がどう思うかくらいわかるだろう」

恵子のインスタグラムは記事を投稿してすぐに炎上した。理由は樋口の述べた通りである。《ありえません。失望しました》《やっぱり芸能人は特別なんですねー》《少しは医療関係者の気持ちを考え

た方がいいのでは？》

　いわゆる自粛警察というのにコテンパンにやられたのである。

　ただ、恵子にも言い分はあった。マスクは食事のときに外しただけでそれまではちゃんとつけていたのだ。テラスのある店を選んだのだって、密を避けるためだ。

「だからインスタグラムなんてよせとあれほど言ったろう。あんなもん、勝手に始めやがって。おれはな、いつか必ずこういう問題が――」

　マネージャーとチーフマネージャーを見る。彼らは一貫して俯いていた。怒り狂った社長と、ふだん滅多に姿を見せない会長がとなりにいるものだから、恐れ慄いているのだ。

　そしてそれは恵子も同じだった。まさかこの場に会長の桑原まで出てくるとは思わなかった。

「樋口」と、その桑原が一言発し、樋口を制した。

　そして桑原は恵子に対し、「やっちまったもんはしょうがねえよなあ。なあ恵子」と言って手を取ってきた。恵子の右手が桑原のシワシワの両手に包まれる。

「だけど恵子、やっぱりおまえにはああいうもんは向いてないってことだよなあ」

　優しく、諭されるように言われた。

　恵子は凍りついてしまった。桑原はインスタグラムをやめろと言っているのだ。

「おまえはそういう余計なことをせんで、いただいたお仕事だけに専念しなさい。いいな、恵子」

　恵子は返事ができなかった。

　インスタをやめる？　想像したら暗澹たる気持ちになった。

「恵子っ」樋口がテーブルを叩いた。「なんで黙ってるんだっ」

「樋口。そうやって大きな声を出すな。恵子が萎縮しちまうだろう」

「いや、しかし――」

「いいんだ。恵子だって一晩考えればわかってくれるさ。この子はおれの可愛い娘なんだから」

桑原はそう言い残して、一人部屋を出ていった。この人は昔からこうやって用件だけを短く伝え、フラッと現場からいなくなってしまう。影だけが残っている、などと言って周囲の人間はいつも桑原に怯えているのだけど。

「おい、おまえらも出ろ」樋口がマネージャーとチーフマネージャーに向かって顎をしゃくった。

「恵子と二人にしてくれ」

二人が出ていき、ドアが閉まると、樋口が大きく息を吐いて脱力した。

「ありがとうございます」

恵子は頭を下げて礼を告げた。

「ああ。久しぶりに大声を出したもんだから声が嗄れちまったよ」

樋口がネクタイを緩め、苦笑して言った。

先ほどの樋口の身振り手振りを交えた説教はパフォーマンスで、彼は恵子が失敗するたびにこのように立ち振る舞うのだった。

その昔、少女時代の恵子が主演を務めたドラマの撮影現場に大遅刻したことがあった。そのとき樋口は恵子の髪の毛を引っ張り、ものすごい剣幕で叱り飛ばした。それを側から見ていたプロデューサーや監督、その他のスタッフが慌てて止めに入って場は収まったのだが、それもパフォーマンスだった。同情を引くほど叱られている場面を見てしまえば、外の人間はそれ以上何も言えない。

今回の件に関していえば桑原の怒りの刃が抜かれないよう、樋口は鞘の役割をこなしていてくれたのである。

「でも恵子、どうして会長の問い掛けにきちんと答えなかったんだ。まさかおまえ、本当にこの先もインスタをつづけるつもりじゃないだろうな」

恵子は答えなかった。口を真一文字に結んで一点を見つめている。

「冗談だろう。おまえ、会長を本気で怒らせたいのか。さすがにシャレにならんぞ」

たしかに桑原の逆鱗に触れたら大変なことになる。この業界には数々の桑原一騎伝説が残されていて、それらは聞く者の背筋を凍りつかせた。

不義理をした身内のタレントを干すなんていうのは日常茶飯事で、気に食わないテレビ局のプロデューサーを地方に飛ばすなど、桑原は対外的な圧力も有していた。ラジオで桑原を揶揄するような発言をした人気お笑い芸人は、七本抱えていたレギュラーが翌月になってすべて消えた。

一般的に有名なところでいえば十年ほど前、当時売り出し中だったタレントのスキャンダルをすっぱ抜いた雑誌の編集長と揉め、未だにその出版社と断交をつづけていることだ。

つまり、桑原一騎は絶対に敵に回してはならない人物なのである。

ちなみに恵子の元夫で、俳優の神部篤志が凋落したのも桑原の圧力によるものだった。神部と結婚したのは恵子が二十八歳のときで、華々しく結婚会見を開いたものの、恵子の妊娠中に神部の浮気が発覚し、それが理由であっさり離婚したのだ。共に生活した期間は二年にも満たない。

そしてその当時、恵子は桑原に呼び出され、その場で離婚の意思を伝えると、「そうか。わかった」と彼は短く言い、「ただ、あの男にはケジメを取らせんとな」とボソッと独り言ちた。そして神部は業界の隅に追いやられた。

「恵子。おまえがインスタに夢中になってるのは十分知ってるさ。けど、会長があのようにおっしゃった以上、もう無理だ。仕方ない。あきらめよう」

樋口が顔を覗き込んできて諭すように言った。

いくら桑原の命令とはいえ、今回ばかりは従いたくなかった。恵子はデビューして三十五年間、これまで桑原に逆らったことなどなかった。いつだって従順な娘を演じてきた。

ただ、これだけは、インスタだけは自分から取り上げないでほしい。

現にインスタのおかげでネットニュースなどに取り上げられることが増えたのだ。若い人だって石川恵子のことを知ってくれるようになり、《ファンになりました》とはっきりコメントを残してくれる人だっている。

第三者的な目で見ても、インスタにはメリットしかないのだ。

それをなくしてしまうだなんて、バカげている。とても正気の沙汰とは思えない。

いくら芸能界の重鎮とはいえ、はっきりいって桑原は老人だ。古い考えの、昔の人間なのだ。そうした桑原にはSNSがいかに大切で、現代のタレントに必須なものかがわからないのだろう。

恵子はこれをオブラートに包み、熱っぽく樋口に伝えたものの、彼は「だとしてもだ」と、最後まで恵子の側に立ってくれなかった。結局のところ会長に退いたといっても、この芸能事務所は未だ桑原のワンマン体制なのだ。

「じゃあもういいいっ」

恵子はそう言い放ち、衝動的に部屋を飛び出した。「あ、おい。恵子――」その声も無視して、出入り口に向かって走った。

内勤のスタッフたちが何事かと目を丸くして視線を送っている。恵子はそのまま事務所をあとにして、路上でタクシーを捕まえた。

そして自宅に着くまでの間、車内で自撮りをし、インスタグラムに新たな記事を投稿した。

その指先が震えていた。自分は桑原に喧嘩を売ったのだ。

あなた大丈夫なの――？　もう一人の自分が内側から問いかけていた。

ただ、少しずつ増えていく〝いいね〟を眺めていたら、次第に震えは収まった。

2

二週間後、マネージャーから手渡された翌月のスケジュール表を見て、恵子は愕然とした。現在撮影が進行しているドラマ以外には仕事が一つも入っていないのである。

とうとう、桑原による制裁が始まったのだ。

予想はしていたものの、実際にこうして目の当たりにすると、想像以上にショックを受けた。

やめろと通達したSNSをやめない。そんな瑣末なことでさえも、あの男からすれば立派な謀反であり、反逆行為なのである。そしてそのようなことをしたタレントを桑原は絶対に放っておかない。なし崩しなんてことはありえないのだ。

桑原一騎はそういう人であり、そういう性分だからこそ芸能界でてっぺんを取ることができたのだろう。

何はともあれ、一刻も早く桑原に謝罪をして、赦しを乞わなければならなかった――本来ならば。

恵子はどうしてもそれをする気になれなかった。マネージャー陣も「どうかお願いしますよ」と頼み込んできているし、樋口も「今ならまだ間に合う」などと言ってきてくれているのだが、インスタグラムをやめなければならないことを考えると、恵子は二の足を踏んでしまうのだった。

そして恵子は今日も今日とて、インスタグラムに精を出していた。

本日はすでに四回記事を投稿しており、コメントの返信などをしていたら、あっという間に日が暮れた。

「カリメン……なあにそれ」

味噌汁を啜る手を止め、恵子は食卓の向かいにいる日向に訊いた。

今日はめずらしく日向が夕飯を作ってくれた。めずらしくといっても、恵子に比べれば日向の方が台所に立つ回数が多いのだけれど。実際に日向の方が料理上手なのは認めざるをえない。

「仮免っていうのは中間試験みたいなもんで、それに受かると半分合格みたいな感じなの。で、次はいよいよ車に乗っておもてを走るんだ」

「ふうん。そういうふうになってるんだ」

恵子は自動車の免許を持っていなかった。過去に一度、取得しようとしたこともあったのだが、「運転手がいるんですから必要ないのでは?」と事務所の人たちから言われ、それもそうかと思い、断念したのだ。

ちなみに恵子は電車にもほとんど乗ったことがなかった。Suicaというものの存在を知ったのは恥ずかしながらついこの間である。

恵子は芸能人の中でもとりわけ世間知らずで、宏美からは「あんたいくらなんでもさあ」といつも呆れられている。

「ところでお母さんさ、食事中くらいスマホ見るのやめたら」

こうした食事の合間も恵子は左手にスマホを持っていた。もちろん開いているのはインスタグラムだ。

「勉強してるんじゃないの。どういう投稿がバズるのかなって。あ、バズるっていうのはね——」

「知ってるよ、そんなの」

日向がこれ見よがしにため息をつく。

そんな娘からスマホに視線を移し、恵子は再び人気インスタグラマーたちの投稿をチェックした。

なるほど、すっぴんの写真というのはこんなにもウケがいいのか。素人（しろうと）に毛が生えた程度のモデルでもこれほどたくさんの〝いいね〟をもらえているならば、芸能人である自分がやったらさぞかし話題になることだろう。『石川恵子、美しすぎるすっぴんを披露！』きっとこんな見出しでネットニュースに取り扱ってもらえるはずだ。

「ねえ、お母さん、聞いてる？」

ただし、アプリ加工は必須だ。美容にはうんと金を掛けているので肌艶には自信があるが、さすがにノーレタッチのすっぴんを晒すまでの度胸はない。

「ちょっとお母さんってば」

「え、なに？」

「だから、わたしが免許を取ったらさ、レンタカーを借りてどっかに旅行に行こうよ」

「あ、うん。行こ行こ。日向が運転してくれたら行き帰りも楽しそう」

そう言って恵子はまたスマホに視線を落とした。

気がついたら日向の姿は食卓からなくなっていた。


この日のドラマの撮影現場はピリついていた。途中、監督と恵子が口論をして撮影が中断されてしまったからだ。きちんとお芝居をしているのに、あちらは何が気に食わないのか、一向にOKを出さないのである。

そして七回目の撮り直しを命じられたところで、恵子はキレてしまった。すると監督も口角泡を飛ばして怒り返してきたので、現場は一気に嫌な空気に包まれた。

この監督とは長年の付き合いで、若い頃から何度も一緒に仕事をしてきている。ただ、こうして面と向かって喧嘩をしたのは初めてのことだった。

「恵子ちゃん」

撮影終了後、その監督に手招きされた。結局、問題のシーンは明日に持ち越されることとなった。

「さっきはごめん。おれも言い過ぎた」

監督がバツが悪そうに詫びてきた。

「いえ、わたしの方こそ感情的になっちゃって」

「うん。でもさ、今日の恵子ちゃんの芝居、なんかいつもとちがったんだよ」

恵子は首を捻った。

「なんか気持ちが入ってないっていうか、八割でこなしてるみたいな感じがしちゃってさ。ほかの女優さんならそれでもＯＫ出してたかもしんないけど、おれは恵子ちゃんがもっとできるっていうのを知ってるからさ」

一応頷いたものの、納得はできなかった。恵子は全力で演じていたつもりだったのだ。

「というわけで、気持ちを入れ替えて、明日からはまたいつもの石川恵子を見せてよ。それじゃおつかれさん」

そう言い残して監督が去っていく。

恵子はその背中に向けて、舌打ちした。今の話だと結局のところ、おまえが悪いと言っているようなものではないか。

「ふざけんじゃないわよ」唇だけでボソッと言った。

するとそれが近くにいた若い男性ＡＤに聞こえていたのか、彼はそそくさと逃げていった。


「恵子さん、着きましたよ」

運転席にいるマネージャーが言った。

後部座席にいる恵子は「え、もう」と驚き、車窓の外を見た。たしかに車は自宅のマンション下に到着していた。恵子はスマホに夢中でまったく気がつかなかった。

「本日はおつかれさまでした。明日もよろしくお願いします」

マネージャーが運転席からボタンを押して、後部座席のスライドドアを開ける。だが恵子は車から降りず、「ねえ、ちょっと」と話しかけた。

「あなた、わたしのインスタ見てるわよね」

「ええ。もちろんすべてチェックしていますが」

「最近のわたしの投稿、どう思う？」

「どう、とおっしゃいますと？」

「つまらない？　はっきり言ってもらって構わないんだけど」

「いいえ、自分は以前とお変わりないように感じますが」

「だよね。だけど、ここ数日フォロワーがまったく伸びないの。〝いいね〟なんて減ってるくらいだし、これ、どういうことなのかわかる？」

「さあ。自分はあまりそういうのに詳しくないものですから」

恵子は鼻息を漏らしてシートに背をもたせかけた。「ほんと、なんでなんだろ」とぼやく。

「あの、恵子さん、そのインスタのことなんですが、せめてこちらで検閲だけはさせてもらえませんか」

「検閲ってつまり、事前に内容をあなたに送ってチェックを受けなきゃいけないってこと？」

「ええ。お願いできると助かります」

「イヤよ、そんなの。このインスタはわたしのものなんだから。だいいちほかのタレントのだってチェックなんかしてないでしょう」

「それはそうなんですが……」

「だったらわたしだってイヤ。っていうかさ、ほかのタレントはふつうにSNSを使ってるのに、わたしだけやめろとか意味がわからないんだけど。これって立派な差別だと思う」

「そこについてはなんと申しますか……マネージメントの方向性のちがいというか」

「じゃあその方向がまちがってる。わたし、ＳＮＳって最強の営業ツールだと思うの。いくらあなたが足を使って石川恵子をよろしくお願いしますってクライアント先を駆けずり回ったところで、一日に数軒くらいしか営業できないじゃない。それがＳＮＳなら一瞬で――」恵子は言葉を区切り、鼻息を漏らした。「ごめん。あなたに言ったところで仕方ないわよね。あなただってつらい立場なんだから」

　マネージャーは黙っていた。

「わたしに新しい仕事を入れるなって上から言われてるんでしょ」

「いいえ、そんなことはまったく」

「いいよ、ウソつかなくて。わかりきってるもん」恵子はシートから腰を上げた。「おつかれさま」

　車を降り、エントランスに入った。キーを使ってドアのロックを解除し、エレベーターに乗る。そしてドアが閉まりかけたところで、エントランスに相田美香（あいだみか）の姿が見えたので、恵子は咄嗟（とっさ）に『開』ボタンを押した。

「ありがとうございます」と言って美香が小走りで乗り込んでくる。

　他事務所の女優である相田美香は同じマンションの住人だった。この高層マンションにはほかにも芸能人が何人か住んでいて、ゆえに近辺にパパラッチなんかがよくうろついている。

「恵子さんのインスタ見てますよ」

　エレベーターが上昇したところで美香が言った。

「わたしだって美香ちゃんの見てるよ」

　現在三十六歳の美香とは、彼女が十代の頃に年の離れた姉妹役で一緒にドラマに出たことがあった。

そんな彼女は一昨年、アパレル会社の社長と結婚をして、このマンションに越してきたのである。

「ねえ、美香ちゃんのインスタってさ、事務所が管理してる?」恵子が訊いた。

「いいえ、基本的にわたしですけど」

「やっぱそうだよね」

「最初は事務所に管理を任せてたんですけど、こまめにブロックとかしてくれないから、それならわたしが自分でやるって話になって。わたし、《劣化した》とか一言でも書かれたら即ブロックしますから」

二人で笑った。芸能人はすぐに誹謗中傷を書き込まれる。恵子も先日、思い切ってすっぴんの写真を撮り、記事を投稿したところ、《がっつり加工してるのにすっぴんごめんなさいとか草　痛々しいババアｗｗｗ》などと書かれ憤慨していた。

恵子はここで美香に顔を近づけ、「ところでさ、あの噂って本当なの?」と囁いた。

美香が事務所を辞めるという噂が業界内に流れているのだ。

訊くと美香は、「本当はまだ言ったらダメなんですけど」と前置きし、「恵子さんだから言います。本当です」と答えた。

「やっぱ本当なんだ。で、次はどこに行くの?」

「どこにも。個人事務所を立ち上げようかなって」

「個人事務所?　すごーい」

「といってもどこの後ろ盾もないですから、実質フリーみたいなものですけど。でもここ数年、事務所からもらう仕事なんてほとんどなかったし、これなら自分で好きにやった方がいいかなって」

エレベーターがチンと鳴った。美香の部屋がある階に着いたのだ。

「でもそういう感じだとキー局は美香ちゃんを使いづらくなっちゃうんじゃない？」

恵子は『開』ボタンを指で押さえたまま言った。もっとも半分はお世辞だ。美香のことは今、テレビでほとんど見かけない。きっとオファーがないのだろう。

正直にいって美香には華がない――というより年を重ねたことにより、それが消えてしまったのだ。これは芸能界における残酷な現実だった。もちろん年齢が上がるにつれ、魅力が増していく者も少なくはないのだが。

ちなみに自分はそのうちの一人であると恵子は自負している。若い頃と比べても、石川恵子は今の方がうんと魅力的だ。

「それはもう、覚悟の上です」美香が並びのいい歯を見せて毅然と言った。「テレビは無理でも、ネット系の案件だったらたくさんあるだろうし、そういうのを自分のペースでこなしていければって。フリーになればそれこそインスタとかを通じて、仕事のオファーもいただけると思うんですよね」

この考え方には素直に感心した。なるほど、そういう道もあるのかと、今さらながら思ったのだ。

恵子は事務所を退所することなど、頭の片隅にもなかった。

「ごめんね。引き止めちゃって。おつかれさま」

「おつかれさまです」

美香がエレベーターを降り、恵子を見送るために振り返る。だがドアが重なり合う直前、恵子は『開』ボタンを連打した。

「ねえ、美香ちゃん。せっかくだから写真撮らない？」

恵子が提案すると、「え、ここで、ですか」と美香が困惑顔になった。

「うん。そう」

「でも……」

「大丈夫だよ。壁をバックにすればここがどこかなんてわからないし。ね、撮ろうよ」

芸能界の先輩からこのように言われては断りきれなかったのか、美香はしぶしぶ承諾した。

早速、外廊下の壁を背景にして二人が並び、顔を寄せ合う。次に恵子がインカメラにしてスマホを構えた。

するとここで美香が微妙に頭の位置を後退させた。

恵子はすぐに察した。美香は自分の顔が小さく写るようにしているのだ。

もちろん恵子も頭を後退させる。石川恵子は顔がでかいとフォロワーに思われたくない。

だが、あろうことか美香はさらに頭を後ろに引いた。

この小娘――。負けじと恵子も引く。

いよいよ体勢を保てなくなり、二人とも身体が後方に下がった。

そんなことを繰り返していると、やがて二人の背中が壁にぶつかった。

腹立たしい気持ちとは裏腹に、二人とも満面の笑みをカメラレンズに向け、何枚か撮影をした。

「あとで加工して美香ちゃんに送るから。それじゃあ今度ゆっくりお茶しようね」

社交辞令を口にして美香と別れた。

自宅のある階に到着し、エレベーターを降り、外廊下を歩く。キーを使ってドアを開け、「ただい――」と声を発したところで、居間の電気が点いていないことに気がついた。

そうか、日向はお泊まりの日なのか。

彼女は月に一度、父親である神部篤志の家に宿泊しているのである。もっとも今月はすでに一度、父親の家に行っているので、今夜は方便だろう。

本当は最近できたと思しき彼氏の家に宿泊しているにちがいない。恵子が神部と一切連絡を取らないのをいいことに、日向は父親を利用しているのである。

なぜ彼女がそれを素直に言わないのかというと、二十歳になるまでは男の人と外泊はしないという約束を母と交わしているからだった。

もっともあと四ヶ月後、三月で彼女は二十歳になり、そうなってからは正直になることだろう。

夕飯はサプリメントだけ摂って、あとは水を飲んで空腹を紛らわした。先日、体重計に乗ったら一・五キロも増えていたので、これを早急に落とさねばならないのだ。体型をキープするのも芸能人の大切な仕事であり、恵子はそれを怠ったことはない。日向を出産したときだって、一ヶ月後には元のスタイルに戻して世間を驚かせたのだ。

風呂が沸くまでの間、ソファーに座ってスマホをいじった。先ほど美香と撮った写真を改めてチェックしているのだ。

勝ったなと思った。自分の方が顔が小さく写っている。

加工は自分の方だけ強めに手を加えた。年齢が一回り以上ちがうのだから、当然の行いだ。

《久しぶりに相田美香ちゃんに会いました。名前の通り、相変わらず美しい美香ちゃんです》

こんな具合か。もっともさほど〝いいね〟はもらえないだろう。美香はもう、引きのあるタレントではない。誰かわからないフォロワーも多いはずだ。

記事を投稿して、恵子は風呂に入った。明日は街中のロケで、人が少ない時間帯に撮り終えねばならないため、マネージャーは三時半に恵子を迎えに来るのである。現在の時刻は二十二時、きっと眠れるのは三時間強といったところだろう。辛くないといえば嘘になるが、こうした過酷なスケジュールは慣れっこだ。

エメラルドグリーンに染まった湯に浸かり、先のことをぼんやり考える。先とは芸能界における自分の進退であり、今後の事務所との付き合い方である。

このまま嫌がらせがつづいたら自分も困るが、事務所も困るだろう。恵子が仕事をしなければ当然、事務所にも金が入ってこないからだ。

今住んでいるこのマンションの家賃は事務所持ちで、恵子はそれとは別に百五十万円の固定給を毎月受け取っていた。これが得をしているのか、損をしているのかは不明だが、おそらくは後者のように思う。少なくともこれまでのことを考えれば薄謝といえる。

恵子は若い頃、サラリーマンのお小遣い程度の給料で、馬車馬のように労働させられてきたのだ。世がバブルだったこともあり、当時の石川恵子の売上は凄まじいものがあったことだろう。

ただ、恵子自身はあまり金に興味がなかった。なくなってもいいとは言わないが、あればあるだけいいとも思わない。

身に余る大金は人を不幸にすることを恵子は知っていた。

我が肉親を通じて――。

両親とは恵子が二十歳になる前に縁を切り、それ以来一度も会っていなかった。

両親は娘が大金を稼ぐようになって狂ってしまったのだ。毎週のように金の無心に家を訪ねて来るものだから、その当時、恵子はノイローゼに陥ってしまった。それは電話で両親の声を聞くだけで身体が震えるほどだった。

そんな両親と恵子を切り離したのは桑原だった。

真偽は定かではないのだが、噂によれば桑原は恵子の両親に現金で一億円を手渡したらしい。そしてこれ以上娘に構わないこと、二度と連絡をしないことを約束する誓約書をその場で書かせたという。

そんな桑原を恵子はこれまでずっと慕っていた。「お父さん」と呼んでいた時期もある。

正直なところ、今でも恵子は桑原のことが嫌いではなかった。いくら怖い人だとしても、彼は自分を救ってくれた人物であり、ここまで育ててくれた恩人だ。

だが、そんな桑原であっても、ことインスタグラムと天秤に掛けてしまえば、傾くのは完全に後者だ。

もはやインスタグラムは恵子の生き甲斐になっていた。

「きっと、なるようになるさ」

恵子は口に出して言ってみた。気休めのつもりだったが、思いのほか効果があった。

そうだ、きっとなんとかなる。

なぜならわたしには、多くのフォロワーがついている。〝いいね〟を押して、わたしの背中を押してくれる人たちがいる。〝いいね〟は石川恵子の栄養素であり、生きていくために欠かせない糧だ。

三十分後、風呂から上がってスキンケアをし、頭にタオルを巻いて居間に向かった。

さっそくスマホを手にして、先ほど投稿した美香とのツーショットの記事の反応をチェックする。

えっ、と目を疑った。

投稿してから間もないのに、驚くほどの数の〝いいね〟がついていたのだ。

わけがわからず、恵子は困惑した。なぜなら美香による効果とは思えないのだから。

つづいて寄せられたコメントを読み込む。すると、そこでようやく謎が解けた。

撮った写真がはからずもセクシーなものだったのだ。撮影時、恵子はスマホを持った右手を高々と上げていたものだから、トップスの隙間からほんの少し胸の谷間が映り込んでいたのである。

恵子は顔ばかりに注視していたので、まったくこれに気がつかなかった。

何はともあれ、これがフォロワーたちにウケたようだった。いわゆるバズったという状態だ。

《エロエロ♡》《刺激強過ぎ》《恵子さんがこんな巨乳だったなんて知らなかった》《色気ＭＡＸ》《サービスショットあざっす！》《またこーゆーの待ってまーす》

複雑で、不思議な気分だった。

複雑というのは、本来自分がターゲットにしているのは女性で、コメントをしている大半は男性だろうからだ。

一方、不思議というのは、この程度の色気に食いつかれてしまったことへの戸惑いだ。

こんなのでいいわけ――？　世の男性陣に問いかけたいくらいである。

恵子に恥ずかしいなんて思いはこれっぽっちもなかった。なぜならこれまで濡れ場シーンなど数多くこなしてきているし、画面に乳首は晒していないものの、現場のクルーには真っ裸だって見られている。

ゆえに、この程度胸の谷間が見えたくらいどうってことないのである。むしろこんなものでみんな〝いいね〟をくれるのかと、そっちの方に驚いているのだ。

けどまあ、結果オーライってことでいいのかな――。

そう思ったら、なんだか愉快な気分になってきた。

結局、恵子は興奮で一睡もできなかった。暗い寝室のベッドの中で、数十分おきにインスタを開いては、目に見えて増えていく〝いいね〟を眺めていた。

3

ドラマの撮影現場にあるテントの中でストーブに当たりながら、恵子が出番待ちをしていると、

「できればもう少しだけ、肌の露出を抑えていただけると」

傍らに立つチーフマネージャーが揉み手をして言った。

今日はわざわざ現場にチーフもやってきたので、どうしたのかと思っていたのだが、彼はこれを伝えたかったのだろう。

くだんの記事の投稿以来、恵子のインスタグラムはセクシー度が増していた。

なぜならその方が確実に〝いいね〟をもらえるし、フォロワーもぐんと増えるからだ。いくら洒落た衣装を載せたところで、生脚が写っている普段着の方が喜んでもらえるのだからやめられない。

「どうして？」と恵子はスマホに目を落としたままぶっきらぼうに言った。

「石川恵子の品格と言いますか……あまりに世の男性にサービスし過ぎかなと」

「そう？　だって昔出した水着の写真集なんか、もっときわどいショットをいっぱい載せてるじゃない」

「写真集とインスタのプライベート写真では少々意味合いが――」

「同じでしょう。それに、女性からの評判もいいのよ。《恵子さんみたいなセクシーな美魔女になりたいです》って、そういうコメントももらってるし」

「もちろん中にはそういう方もいらっしゃるとは思いますが」チーフマネージャーがこめかみをポリポリと掻く。「わたしは一昨日の夜に上がっていたような、家庭的な手料理の投稿なんかがステキだなと思いましたが。わたし自身、ああいうお料理を恵子さんがご自宅で作っていることにいい意味で驚かされましたし――」

恵子は口の端を吊り上げて笑った。あの料理の写真はネットから拾ってきたものだ。

「大女優の家庭的な一面が見られて、きっと多くのフォロワーは親近感が湧いたことと――」

あんな手の込んだものを、玉子焼きですらまともに作れない自分が作れるわけがない。

「石川さん。そろそろお出番です。よろしくお願いします」

ADがテントを覗き込み、声掛けをしてきた。

「もう、出番前に要らないことを言うから、気持ちの準備ができなかったじゃない」

恵子はチーフマネージャーに文句を言い、椅子から腰を上げた。

撮影場所へ移動し、ヘアメイクに簡単な化粧直しを受けて、四方をカメラが囲んだ中心に立った。

カメラマンたちのために、一度場当たりを行い、動きのチェックをした。

そして、「本番」とスタッフの声が響く。「五秒前、四、三――」

カチンコが鳴り、恵子は怒りのこもった目で、相手役の演者の男を見つめた。

「いつまでそうやって黙っているおつもりですか。あなたはそれが正義だと思っているのかもしれませんが……」

あれ、このあとの台詞が出てこない。「恵子ちゃん、どうした」

「カット」監督が笑って言った。「恵子ちゃん、どうした」

「ごめんなさい」と恵子は苦笑いをした。

自分としたことがなんたる失態――。

気を取り直して、もう一度、本番。

だが、またしても恵子はNGを出した。今度は台詞を嚙んだのだ。

そしてこのあとも恵子はNGを連発した。

周りの人間が困惑しているのが伝わってきた。恵子がこんなふうにNGを出すのは滅多にないことなのだ。

さほど難しいシーンでもないし、台詞量だってけっして多くないのに、どうして――。

「よし、五分休憩しよう」監督が気を遣って言った。「恵子ちゃん、一旦外して、台本を読んで、イメージを作り直しておいで」

屈辱だった。ポッと出の女優でもあるまいし、こんなことをみなの前で言われるだなんて。

「大丈夫です。このままもう一度、やらせてください」

「いや、休もうよ。流れがよくないからさ」

「本当に大丈夫です。お願いします」

そうしてもう一度、本番が行われたのだが、またしても恵子はNGを出した。

結局、休憩を挟んだあとも恵子は二回のNGを出し、最終的にこのシーンだけで、十回も本番が行われることとなった。

帰りの車内、首都高のトンネルに入ったところで、「今日は本当にすみませんでした」と助手席に座るチーフマネージャーが後方に首を捻り、改めて詫びてきた。

「別にあなたのせいじゃないわよ」恵子は車窓の外を眺めながら答えた。

「いいえ、自分が本番直前にインスタなんかの話を振ってしまったばかりに、恵子さんがお芝居に入り込む、心の準備の時間を邪魔してしまって」

「ねえあなた、もしかして皮肉を言ってる?」

「いえ、そんなことはけっして」チーフマネージャーが慌てて言う。「本当に自分のタイミングがまちがって――」

恵子は心底、己に落胆していた。

いったい自分はどうしたというのか。台詞はきっちり頭に入っていたし、動きだって単純なものだったのに――。

トンネルを出たところで、恵子は目を閉じた。車窓にうっすらと反射する自分の顔が、やたらと老けているように見えたからだ。

すると、そのまま眠ってしまった。

夢を見た。なんとも恐ろしい夢だった。

顔を晒して街中を歩いているのに、誰も振り返らないのである。誰も石川恵子に注目してくれないのである。

起きたとき、恵子は汗をびっしょり掻いていた。

きっとインスタグラムを失ったら、わたしは世間に忘れられてしまう。

自宅では日向が夕食を作って待ってくれていた。我が子ながらできた娘だと思う。どうして自分のようなダメな女の腹からこういう子が生まれてきたのだろう。

自分は家事もろくにできず、生活のすべてにおいてずぼらだ。取り柄といえば芸能に関することだけ。

だが、そんな唯一の取り柄で、自分はあらぬ失態を演じた。今日のような日がつづけば、次も石川恵子を使いたいとは誰も思わないだろう。

いけない。恵子はかぶりを振った。今、自分はものすごくネガティブになっている。

「お母さん。聞いてる？」向かいにいる日向が箸を止めて言った。

「ごめん。なんだっけ」

「だからエンドルフィン」

「ん？　イルカ？」

「どうしてそうなるのよ」日向が呆れ顔になった。「わたしも詳しくはわからないけど、そのエンドルフィンっていう神経伝達物質によって人は多幸感を得られるんだって。要するに報酬を受けて脳が喜んでるってことみたい」

「はあ」

文脈自体を覚えていないので、なんの話をされているのかがわからない。

日向はそれを察したのか、「つまり、インスタグラムで〝いいね〟をもらったりすることがそれに当たるわけ」と話を噛み砕いた。

そうだった。そんな話をしていたのだ。

「ただね、怖いのが人はだんだんとそれにも慣れちゃうんだって」

「物足りなくなっちゃうってこと？」

「そうそう」と漬物のキュウリをポリポリと噛んで日向は頷いた。「最初はみんな、身の回りのものとかを写真に撮って、そのとき素直に感じたことなんかを書いて、自分のために投稿を始めるでしょ。けど、それが次第にいかに多くの〝いいね〟がもらえるかとか、どれだけフォロワーが増えるかとか、そういうふうに目的がすり替わっちゃうんだって」

「ふうん。なるほどねえ」平静を装って相槌を打ったが、内心ドキッとしていた。

「わたしの周りでもSNS依存症になってる子が少なくないの。そういう子ってフォロワーが一人減っただけで本気で落ち込んだりするのね。大げさなことを言うと、投稿した記事の反応が薄いと自分が世間から必要のない人間のように思えるんだって。他人から見たらそんなことでって思うけど、当人からすればそうじゃないの。たぶん、リアルな友達が自分のもとから離れていっちゃったみたいな感覚に陥ってるんだと思う」

「怖いねえ」

「怖いよねえ。ひどい人になると、そういうことが原因で自殺まで考えたりするらしいし」

恵子はごくりと唾を飲み込んだ。

「ま、お母さんは平気だと思うけど」

「そう思う？」

「そう思うって、そうじゃないの？」

「ううん。平気だと思う」

「だよね。お母さんは承認欲求なんてとっくに満たされているだろうし――ごちそうさま」

日向は自分の使った食器を洗うと、すぐに部屋に引っ込んでしまった。

恵子は食事を終えたあと、すぐに風呂に入った。こういう日はサッと風呂に入って寝るに限る。

だが、恵子は長いことバスタブの中にいた。そして手の中にはスマホがあった。

最近、風呂の中でもスマホが見られるように防水ケースを買ったのだ。これがあれば万が一水中に落としたとしても安心だ。

知人の芸能人たちの投稿を読み込んでいたら、えもいわれぬ焦燥感が込み上げてきた。自分だけが置いていかれているような、それでいて老いていくような気分になった。

恵子は風呂から上がったらすぐにインスタを更新することに決めた。〝いいね〟をたくさんもらって、傷ついた心をフォロワーたちに癒してもらいたい。

ふと、先ほど日向が話していたことが脳裏を掠める――が、強制的に追い払った。

代わりに、とあるアイディアが頭をもたげた。

写真を撮るのだ。今、ここで。

入浴中の投稿など初めてのことだ。幸い、濃い色の入浴剤を入れているので、肝心な部分は隠せるだろう。

恵子はスマホを持った右手を斜め上に持っていった。

もう少し、胸を写り込ませた方がいいかも。もう少し、もう少し。

恵子は乳首が写り込むギリギリの画角で、シャッターマークをタップした。

イマイチだった。せっかく胸が大きいのにそれがあまり伝わらないのだ。

改めて撮影をする。今度は湯船の中にある左手で、両胸を下から持ち上げるようにして抱えてみた。

するといい感じに撮れた。よし、しっかりと盛れている。

《今日はお仕事で失敗をしてしまい、ちょっと凹んでいます。こういう日はお風呂でリフレッシュ》

結局、これが爆発的にバズった。〝いいね〟は二十万を超え、フォロワーは一気に千人も増えた。

恵子は深い多幸感の中にいた。それは長い、長いエクスタシーだった。

この日あった仕事の失敗や、恐ろしい夢のことなど、完全に吹き飛んでいた。

4

それから一ヶ月が経ち、年を越した。相変わらず世は厳しいコロナ禍にあり、芸能界もご多分に漏れず、長きに亘って大打撃を受けていた。

恵子が参加しているドラマも一人のスタッフのコロナ感染により、一ヶ月の撮影休止に追い込まれ、なおかつそれによってキャスト陣のスケジュール調整が難航し、日々てんやわんやの状態にあった。

そんな中、恵子は社長である樋口から電話があり、事務所に呼び出された。一度断ったのだが、〈最後通告だ〉と言われ、会わざるをえなかった。

「昨日の〇スポの記事を見たか。《石川恵子、ご乱心か》だとよ。おれは涙が出てきたよ。デスクに文句を言おうにもできやしない。その通りなんだからな」

対面する樋口が疲れ果てた顔で言った。

「わたしはふつうですけどね。別に」恵子は悪びれるでもなく言った。

「何が別にだ。ふざけるんじゃない」そんな言葉にも力がなかった。「ああ、いつから石川恵子は露出狂になっちまったのかな。誰か教えてくれ」

現在、恵子のインスタはどんどん過激になっており、いうなれば安っぽいグラビアアイドルのようなアカウントに成り果てていた。

昨夜（ゆうべ）、恵子が投稿した写真は下着姿で、ベッドの上で撮影したものだった。

もちろん《年甲斐もなくみっともない》といった誹謗中傷や、《昔からのファンです。こういう投稿はどうか控えてください》といった声が絶えず届いているが、それ以上に《最高です》と称賛してくれる人々がいる。〝いいね〟を押し、石川恵子の存在を肯定してくれる人がいる。どちらの意見を大切にするか、考えるまでもない。

「そんなことを言うためにわざわざ呼び出したんですか」

「ちがう。最後通告だと言ったろう」樋口が姿勢を正す。「いいか恵子、今すぐインスタをやめろ。じゃないと三月末をもっておまえとの契約を解除する」

恵子は鼻で笑った。「解除も何も、契約書なんて一度だって交わしてないのに」

「三十五年もうちにいたんだ。今さら契約書があろうがなかろうが変わらん」

恵子は醒（さ）めた目で樋口を見据えた。「やっぱり切るんですね」

「ああ、切る。桑原会長は一生おまえを手放さないとおっしゃっていたが、おれはちがう。事務所の古株であるおまえをこのまま野放しにしていたら、ほかの所属タレントに示しがつかん。だからこの場のおまえの返答次第では、おれは桑原会長に直談判をして、おまえのことをあきらめていただく」

「ちょっと待ってください。桑原会長はわたしを手放さないと言ってるんですか」

「ああ、そうだ。『何があろうと娘との縁は切れん』と、そうおっしゃっていた」

「おかしな話。矛盾にも程がある。わたしの仕事をあんなふうに奪っといて」

「恵子、おまえ何か勘違いしてるぞ。誰もおまえの仕事を奪ってなんかいない」

「白々しい」

「本当だ。おれはもちろん、桑原会長も一言もそんな指示を出してないぞ」

「やめてくださいそういうの。本当にイヤ」

樋口が深々とため息をついた。

「で、恵子、どうするんだ。辞めるのか、辞めないのか」

「辞めます」恵子はあっさりと言った。「事務所を」

樋口は一瞬強張った顔を見せたあと、「そうか」と寂しそうにつぶやいた。


その翌日、今度は友人の宏美に呼び出された。これまでも何度か彼女から電話やメールをもらっており、その都度苦言を呈されていたのだが、これを恵子は無視していたのだ。しかし、今回ばかりは〈来なかったら縁を切る〉といった留守電が残されており、さすがに会わないわけにはいかなくなった。

はたして宏美は、恵子がインスタグラムに「溺れてる」とか「支配されてる」とか、あろうことか「薬物依存症と一緒」などと無礼極まりないことをのたまうので、恵子の方から絶縁を突きつけた。

すると宏美は泣いた。

そして、最後にこんなことを言った。

「わたしが芸能界を引退したもう一つの理由、告白しようか。石川恵子には逆立ちしても勝てないと思ったから。石川恵子はスポットライトを浴びるのが大好きな女なんだもん。嫌味を言ってるんじゃないよ。それも才能だし、結局そういう人が芸能人でありスターなんだって、恵子を見てて本当にそう思った。凡人のわたしじゃどうやったって勝てってこないって、敗北を思い知らされた。でもね恵子、今のあんたは全然輝いてない。全然魅力的じゃない。誰が見たっておかしいし、おかしな道へ突き進んでる。あんたの強過ぎる現役意識が悪い方、悪い方に出ちゃってる。言っとくけど、インスタなんてまやかしだよ。そんなものに負けないでよ」

宏美は言いたい放題言って、一人席を立った。

5

やがて三月を迎えた。

この日、恵子はお台場にある某テレビ局のスタジオでスペシャル生特番に出演することになっていた。

もうすぐ放送が開始されるドラマの番宣を兼ねて、五名の共演者と共に、人気お笑い芸人たちとクイズ対決をするのだ。

そしてこれが恵子の、今の事務所での最後の仕事だった。

樋口とはあの日以来、一切言葉を交わしていないし、会ってもいなかった。ところがなぜか今日、スタジオには樋口の姿があった。そして驚いたことに会長の桑原の姿まであった。

この不可思議な状況を恵子はこのように解釈した。これで最後だから、お別れの意味を込めて彼らはやってきたのだ、と。

きっと事務所を離れたら、自分はこの手のバラエティやドラマの仕事を失ってしまうだろう。ただ、それはもう構わない。未練がないと言ったら嘘になるが、桑原と訣別(けつべつ)する以上、仕方のないことなのだ。

だが、テレビの仕事を失っても、きっと自分はやっていける。

恵子にそのように思わせてくれたのは、同じマンションの住人である相田美香だった。以前に本人が話していた通り、美香は昨年末で事務所を退社し、現在フリーに近い状態で活動しているのだが、なにやら彼女の仕事が軌道に乗っている様子なのである。少なくとも事務所に所属していたときよりも、活発に活動しているのはたしかだった。

だとすれば、自分はもっともっと活躍できることだろう。自分にはインスタグラムという強力な武器があるのだから、絶対に大丈夫だ。

「五分前でーす」フロアディレクターが声を張り上げた。

本番が近づくにつれ、現場の緊張感が徐々に高まってゆく。ゆるいバラエティ番組だが、生放送だけにキャストもスタッフも失敗は許されない。

そうしていざ本番が始まった。

やり手のＭＣの進行で番組が進行していく。その間、恵子はちらちらとカメラの向こうに目をやっていた。そこには大勢のスタッフが控えており、その中に桑原と樋口の姿がある。彼らは目を細めてずっとこちらを見据えていた。

「うーん。なんだったけかなあ」

解答者である恵子は腕を組み、悩ましい顔で虚空を見つめた。

もっともこれはポーズで、本当はこの問題の答えを知っていた。事前にマネージャーからすべての問題と答えが書かれたメモを渡されているからだ。この手のものは昔からこうして恵子が間違えないように、事務所も番組側も配慮してくれていた。

石川恵子が簡単なクイズ——とりわけ一般常識問題——を答えられないなど、あってはならないことなのだ。

ほどなくしてＣＭを挟んだところで、恵子は「すぐに戻るから。ついてこなくていいよ」とマネージャーに告げ、彼から楽屋の鍵を受け取って足早に廊下を歩いた。

ＣＭが終わればまたすぐに本番が始まるのだが、恵子の出番はしばらくなく、十五分ほどの空き時間があるのだ。

鍵を使って楽屋に入り、さっそく鏡の前に置いているスマホに手を伸ばした。

本番中にインスタを更新したら、きっとバズるだろうと考えたのだ。

恵子は写真を何枚か自撮りし、その中から一番気に入ったものに、例のごとくアプリを使って加工を施した。

《みなさーん、テレビ見てくれてますかー》

メッセージを書き込み、記事を投稿した。

きっとフォロワーたちは大いに喜んでくれることだろう。本番が終わってからインスタを開くのが楽しみだ。

恵子はスマホを再び鏡の前に置き、楽屋の鍵を閉め、小走りでスタジオに向かった。出とちりなどしたら、さすがにシャレにならない。

スタジオに戻り、マネージャーに鍵を返すと、「恵子さん。何もこんなタイミングでインスタを投稿しなくても。それに、番組側にだって許可を得ていませんし」と苦言を呈された。

きっと彼は恵子がこの場を離れた目的に気づき、自分のスマホで恵子のインスタを見たのだろう。

「ふん。どうしようがわたしの勝手でしょ」冷たくあしらった。

どうせこのマネージャーともうすぐお別れだ。たとえ番組側に怒られようとも、どの道この先テレビの仕事はないのだ。

恵子はヘアメイクに化粧直しを施してもらい、ディレクターの指示で再びカメラの前に立った。

そうして番組は順調に進行していき、終盤に差し掛かった頃、話題はＳＮＳのこととなり、

「そういえば石川さんはインスタグラムをやられてるみたいで」

急にＭＣがそんな話を振ってきた。台本にはない質問だった。

「ええ。去年始めました」

恵子が答えると、ドラマの共演者である若い女優が、「すごいんですよ〜。石川さんのインスタ」

と割り込んできた。

「ものすごくセクシーで。こっちが大丈夫かなって心配しちゃうくらい」

「知ってる、知ってる」とMC。「なんていうか、バーゲンセールみたいに脱がれてますよね」

ここで恵子は危険を察知した。MCはこの話を広げて恵子に恥をかかせようとしているのだ。きっと、石川恵子を潰せといった指令があったのだろう。もちろん誰の指図なのかは考えるまでもない。

「もしよかったらフォローしてくださいね」恵子は余裕の態度で応じ、「あ、そろそろ次のコーナーにってカンペが出てる」とおどけて強引に話題を変えさせた。もちろんそんなカンペは出ていない。

ふう。危ない。危ない。

まさか本番中にこんな罠を仕掛けてくるとは思わなかった。

だがこれで桑原と樋口がこの場にいる理由がはっきりした。恥辱を受ける恵子の姿を拝みたかったのだ。

まったく、なんて陰険で悪趣味な人たちだろう。これまで散々貢献したタレントに対し、やることとは思えない。

何はともあれ、無事に危機を回避し、ほどなくして番組は終わった。

「おつかれさまでーす」

恵子は軽やかな声でキャスト、スタッフに挨拶をし、マネージャーと共に早々に楽屋へ引き揚げた。誰とも話をしたくないし、先ほど投稿した記事の反応も気になっていた。

一刻も早くみんなからの〝いいね〟を浴びたい。

マネージャーが楽屋のドアを開け、恵子は中に入るなりスマホを手に取り、インスタグラムのアプリを立ち上げた。

さてさて、どんな具合かしら——あれ？

【新しいアカウントを作成】

謎の文字が画面に表示されていた。

わけがわからず、一旦アプリを閉じて、もう一度立ち上げてみた。

だが、やはり画面に現れるのは【新しいアカウントを作成】の文字だ。

「何よ、これ」とつぶやいた。「どういうこと」

「どうかされたんですか」

「インスタがおかしいのよ。ほら、これ見て」

スマホをマネージャーに見せると、「あ、ほんとだ」と彼は言い、「一回、ログアウトされたんじゃないですか」と訊いてきた。

「ううん。そんなのしたことない。っていうかわたし、ログアウトの仕方なんてわからないもの」

マネージャーと顔を見合わせた瞬間、嫌な、いや、最悪な想像が脳裏を掠めた。

「ねえちょっと、あなたのスマホでわたしのインスタを見てみて」

「え」

「いいから早く」

恵子に急かされ、マネージャーがスマホを取り出して操作する。

そして、「あれ?」と言った。

みるみるマネージャーの顔が青ざめていく。

恵子はマネージャーの手からスマホをひったくった。画面を見る。

【このページはご利用できません。リンクに問題があるか、アカウントが削除された可能性がありま

す】

「なんなのよ、これ。どういうことなのよ」

恵子は震えた声でマネージャーに訊いた。

「わたしには、何も……」

「じゃあなんで消えてるの。わたしのアカウント」

狼狽するマネージャーに詰め寄った。

「あんたでしょう。あんたが消したんでしょう」

マネージャーがブルブルと首を横に振る。

「あんた以外にいるわけないじゃない。だって、この部屋の鍵を持ってたのはあんただけなんだから」

「いえ、本当に自分はそんなこと——」

恵子は怯えるマネージャーの胸ぐらを両手で摑み上げた。

「会長の指示ね。そうでしょう。そうなんでしょう」

再び、マネージャーがブルブルと首を横に振る。

「なんでよ。どうしてこんなことをするのよ。返してよ、わたしのインスタ。お願いだから返してよ」

ついにはマネージャーの首に両手をやった。ありったけの力で、ぎゅう、と絞り込む。

そのとき、「おい恵子っ。何をやってる」背中の方で樋口の声が上がった。

ここから先、恵子は記憶がなかった。

気を失い、倒れ込んでしまったからだ。

6

石川恵子オフィシャルインスタグラムのアカウントが消えてから、今日で四日が経った。

いつだったか、ＳＮＳが原因で自殺を考える人がいるという話を日向がしていた。

あのときはさすがにそこまで、と思ったが今なら気持ちがよくわかる。

恵子は死にたかった。もう消えてなくなってしまいたかった。

「お母さん」日向がそっと部屋のドアを開けた。「これ、卒業証書。ここに置いておくから、あとで見てね。それと、冷蔵庫の中にヨーグルトがあるから、それだけでも食べて」

日向はそう告げて、ドアを閉めた。

ああ、今日は日向の卒業式の日だったのか。すっかり忘れていた。

ちょっとだけ罪悪感が込み上げる。ただ、本当にちょっとだけだ。

恵子はあの日以来、ずっと寝込んでいた。食事も一度も摂っていない。何もする気が起きないのだ。

いったい、今何時だろう。カーテンをずっと閉めっぱなしにしているので時間の感覚が狂っていた。

それからしばらくして、恵子は久しぶりにベッドを這(は)い出た。わずかばかり尿意を催したのだ。

寝室を出て、居間に足を踏み入れる。日向の姿は見当たらない。

「日向」

彼女の部屋の方に向けて声を発してみた。だが、返事はなかった。

どこかに出掛けているのだろうか。もしかしたら彼氏のところかもしれない。

そのとき、家の固定電話が鳴った。知らない番号だった。

無視し、トイレに向かった。

だが、用を足して戻ってきたあと、再び電話が鳴った。先ほどと同じ番号だった。

「誰ですか」

恵子は気だるそうな声を発して電話に出た。

〈久しぶり。おれ〉

驚いた。元夫の神部篤志だった。

彼の声を聞くのは何年ぶりだろう。前に話をしたのはたぶん十年以上前だ。

「お久しぶりです。どうかされたんですか。いきなり電話なんて」

恵子は他人行儀に言った。実際にこの男は自分にとって他人だ。

〈ケータイに掛けたんだけど、電源が落ちてるようだったから〉

「そういうことじゃなくて、何の用ですか」

険のある訊き方をすると、神部は一つ咳払(せきばら)いをして、

〈もうすぐ日向がうちにやってくると思う。その前にどうしても恵子と話しておこうと思って〉

なんだ、日向は父親の家に行ったのか。

〈恵子、今日、何の日かわかるか〉

「卒業式ですよね。日向の専門学校の」

〈そう。それと日向の二十歳の誕生日だ〉

恵子の思考が止まる。「……ウソ」

〈ウソもクソもないだろう。今日は三月九日。おれらの娘の二十回目の誕生日なんだよ〉

恵子は空いている方の手を額に当てた。

なんたることだ。完全に抜け落ちていた。

〈本当ならどっか美味しいお店でも予約して祝ってあげたいところだけど、こういうご時世だろう。だから、うちでささやかなお祝いをすることにしたんだ〉

「もしかして、わたしもそこに参加しろって？」

そう訊くと、電話の向こうで神部が大きく息を吸い込んだのがわかった。

そして、

〈ふざけるな〉

と神部は静かに言った。

〈日向はどうだか知らんが、おれはおまえの顔なんて見たくない〉

落ち着いた口調だったが、多分に怒気が含まれていた。

〈おまえ、この一年、娘のことを少しでも考えた時間があるか。どうせないだろうな。おまえは四六時中インスタに夢中だったんだから〉

「…………」

〈あの子がどんな思いで、この一年間おまえと暮らしてたと思う。お母さんがおかしくなっちゃう、壊れちゃうって、いつもあの子は泣いてたんだぞ〉

「ウソよ。だってあの子、わたしの前でそんなこと一度だって――」

〈ああ言わなかっただろう。どうせ聞き入れてもらえないとわかってたからだ〉

神部が洟をすすった。

〈おれは日向にこう助言したんだ。お母さんにインスタをやめてくれってお願いしてみたらどうだって。もしやめてくれないなら親子の縁を切るって言ってみたらどうだって。そうしたらあの子、なんて言ったと思う。『わたしがいなくなっちゃったら、お母さん、周りに誰も味方がいなくなっちゃうから』って、そう答えたんだぞ〉

後半、神部は涙声だった。

〈憎まれ口も叩くけどな、本当はあの子はものすごく気遣い屋なんだ。そしてあの子が誰よりも気を遣ってる相手が母親のおまえだ」

力が抜けていった。恵子は受話器を耳に当てたまま、膝から床に頽れた。

〈動物好きの日向が、どうしてこれまでペットを飼いたいっておまえにねだらなかったか知ってるか？　お母さんの仕事の邪魔になるからだとよ〉

恵子は返答できなかった。もはや茫然自失の状態だった。

〈何年か前、それならお父さんと暮らすかって日向に訊いてみたことがあるんだよ。お父さんの家はボロいし、狭いけど、犬でも猫でも飼えるぞって。半分冗談で半分本気だった。けど、断られた。お母さんと暮らしたいからって。おれは悔しいよ。めちゃくちゃ腹が立つよ、おまえに〉

神部の一つ一つの言葉が恵子の胸をえぐった。

〈恵子。日向は、おまえのことが大好きなんだよ。それでいて、石川恵子の一番のファンなんだよ。なのにおまえは――〉

7

その二日後――。

柔らかい風にあおられ、下ろしたてのスプリングコートがはためいた。

こうして徒歩で事務所に向かうのは久しぶりだった。今日、恵子は何十年ぶりかに電車に乗った。駅で切符の買い方がわからず、男性の駅員に訊ねたら彼は相手が石川恵子であることに気づいたようで、目を丸くしていた。

「どうした恵子。その髪」

応接室で向かい合った桑原が開口一番に言った。昨日美容室で髪を切ったのだ。ショートカットにするのは小学生以来だった。

「まあまあ似合ってるじゃないか。悪くないぞ」

「叱らないんですね、昔のように」

所属タレントが無断で髪型を変えるなど、あるまじき行為なのだ。

「まあ、いなくなるタレントを叱る理由もないですもんね」

恵子が口元を緩めてそう言うと、桑原もまた不敵に笑んだ。

「認めんよ。石川恵子がおれのもとから去るなど考えられん」

意外な言葉に少々驚いた。さすがにもう、見限られたと思っていたからだ。

だがなぜ、ここまでして桑原はわたしにこだわるのだろう。それだけは本当に不思議だ。インスタグラムの件だって、ほかのタレントなら絶対に口を出してこなかったことだろう。

恵子は居住まいを正し、真っ直ぐ桑原の目を見据えた。

「ありがたいお言葉ですが、わたしは事務所を辞めるのではなく、今日をもって芸能界を引退するんです」

はっきりと告げた。

昨夜、決めたのだ。芸能界を去ろうと。石川恵子を終わらせようと。

「桑原会長。長い間、本当にお世話になりました。これまでのこと心から感謝――」

「言うな」遮られた。「そんな言葉は聞きたくない」

そして桑原は目を閉じた。

そのまま十秒が経ち、二十秒が経った。壁掛けの時計の秒針の音だけが応接室に響いている。

やがて、「昔なあ」と桑原が口火を切った。

「おれはおまえの両親に土下座をして、こう頼み込んだんだ。『親を代わってくれ』と」

初めて聞かされる話に恵子は動揺した。

「だからその日以来、おれはおまえの親であり、おまえはおれの娘なんだ」

「ですが、わたしはもう――」

「親が認めんと言ってるんだ。おまえはこれからもおれの娘で、うちの所属タレントだ」

そんな勝手な言い分があるだろうか。

「だったらなんで、あんなこと」恵子は下唇を嚙んだ。「仕事を奪ったり、インスタグラムを消したり……」

桑原が小首を傾げる。

「でも、それももう、恨んでるわけじゃないんです。おかげで目が覚めましたから」

桑原は目を細めて恵子をジッと見つめている。

「桑原会長、昔こうおっしゃってましたよね。タレントには二種類いるって。自己プロデュースをさせていいタイプとさせてはいけないタイプ、させてはいけないタイプのタレントは周りがコントロールしてやらなきゃいけないって。わたし、完全に後者だったんですね」

恵子は自虐的な笑みを浮かべて言った。

「わたし、誰よりも自分のことがわかってなかった。周りのみなさんが必死になってわたしを守ってくださり、石川恵子のイメージを作ってくださっていたのにも拘らず、それを自ら壊してしまって……。わたしが最初にインスタグラムを始めたいって申し出たとき、みなさんから反対をされました。恵子はやめておけって。恵子には向かないって。きっとみんなわかっていたんですね。わたしがこんなふうに、おかしくなってしまうことが。本当、合わす顔がありません」

「だから責任を取って引退するというのか」

「いいえ、そうじゃありません。わたし、自分が芸能人である前に、一人の人間であり、母親であることに気づいたんです。今さらなんですけど」

そう告げると、桑原は深々とため息をつき、「なーんもわかっとらんな」と言った。

恵子は眉根を寄せた。

「おまえは大きな勘違いを二つしている。おまえは人である前に、女優だ。母親である前に、女優だ。それが芸に生きる者の業、茨の道を選んだ者の運命だ」

恵子は唾を飲み込んだ。

「もう一つ。おれは本当におまえに対して、何一つ意地悪などしていない。仕事を奪うなんて、そんなことを娘にするものか」

「でも――」

手のひらを突きつけられた。

「恵子、よくよく考えてみろ。おまえはこの一年、自分でネガティブキャンペーンを張ってたんだ。世間が抱いている石川恵子のイメージがあるだろう。それとはまったくちがう一面をあんなふうに見せられたら、誰も仕事なんぞくれやせん」

だとしても、桑原の暗躍がなかったという点は疑わしい。

「インスタグラムだってそうだ。いくら桑原一騎でも、ああいったものを勝手に抹消することなんぞできんよ。詳しくは知らんが、ああいうものは抹消するときにIDやらPW(パスワード)やらが必要になるんだろう。さすがにそんなものは調べようがないし、それができるんなら、もっと早くやっとる」

桑原はそう言って笑った。

頭に混乱をきたす。もしかして本当に桑原ではないのだろうか。

でも、だとしたら、いったい誰があんな真似をしたというのか。

頭を悩ませている恵子を見て、桑原はニヤニヤと笑っている。

「ところで恵子、日向のインスタグラムを見てるか」

「え」

「きっとおまえ、自分のアカウントが消えて以降、見てないだろう」

いきなりなんの話だ。恵子はわけがわからず、困惑した。

「おれは孫の日常を覗くのを密かに楽しみにしてたんだけどなあ」

8

「だから左に寄ってるって」助手席の恵子が指摘すると、ハンドルが胸に当たるほど前のめりで運転している日向が、「わかってるから。いちいち言わないで」と前を見たまま反論してきた。

「わかってないじゃない。あ、今度は右に寄り過ぎ」

「もう、お母さんお願いだから黙ってて」

「だって怖いんだもん。あーっ、信号赤」

車内は出発してからずっとこの調子で、それはカーナビの音声が聞こえないほどだった。

日向が自動車免許を取得したのはついこの間のことで、今日はレンタカーを借りて、熱海を目指していた。

母娘の、二人だけの卒業旅行に来ているのだ。

「ああ、なんとか生きて辿り着くことができたあ」

車を降りた恵子が胸を撫で下ろして言うと、日向は、「お母さんも近いうち免許取ってよ。いっぱい文句言ってやるから」と頬を膨らませた。

旅館の玄関を並んでくぐると、若い女性の従業員が頭を下げて出迎えてくれた。彼女はその頭を上げた瞬間、「あ」と小さく声を漏らした。マスクをしていても石川恵子だと気づいたのだろう。

恵子が靴を脱いでいると、「あのう」と、その女性従業員が小声で話しかけてきた。「あとでお部屋に色紙をお持ちするんで、一枚サインをお願いできませんか。わたしの父が大ファンだったみたいなんです」

恵子は苦笑した。だったってことは今はちがうんでしょ——もちろんそんな嫌味は言わないけれど。

「ありがとう。でもごめんなさい。今日はプライベートだから——」

「いいじゃない、サインくらい」日向が横から言った。「してあげなよ」

「じゃあお食事のときに持ってきて」恵子は微笑(ほほえ)んで女性従業員に告げた。

荷物を預け、予約した部屋に案内された。

値段の割に悪くない日本間だった。うん、中々いいところじゃん。恵子が部屋を見回していると、「うわー。お母さん、見て見て」と日向の興奮した声が上がった。

日向は窓を開け、そこから身を乗り出していた。その日向のとなりに並ぶ。すると恵子もまた「うわあ」と声が漏れた。

眼下に青々とした海が目一杯広がっていたのだ。

「綺麗(きれい)」

しばし、二人で絶景に見惚れた。

ただ、恵子は時折、娘の方をちらちらと窺(うかが)っていた。母親から見ても、ドキッとするほど美しい横顔だったからだ。その横顔はもう女の子ではなく、大人の女性だった。

桑原の話によれば、日向のインスタグラムのアカウントが消えたのは、恵子とまったく同じタイミングだったという。

母親のだけを消したんじゃ悪いと思ったのだろうか。

その心の内はわからない。

ただ、この世代の女の子が自分のＳＮＳのアカウントを抹消するということは、相当な覚悟を要したことだろう。

それだけ、わたしは娘を追い込んでしまったのだ。

世界で一番、愛しい娘を。

冷静に考えてみれば日向にしかできないことだったのだ。恵子のインスタグラムのアカウントを作成し、ＩＤとＰＷを設定したのは彼女なのだから。

「景色、ほんといいねえ」

日向が前を見たまま、しみじみと言った。

恵子はそんな娘を横目で捉え、

「うん。いいね」

と言った。

終幕

1

四方から伸びた光線がステージを煌びやかに彩っている。それが板の上に立つ演者をより一層尊いものにする。

スポットライトは魔法の光、劇場は夢の城、そしてここの女王はこのわたし――。

叶野花江はいつも客席の最後部座席の端に位置している。この場所からの観劇がなによりの至福だからだ。ステージで舞い踊る我が息子たちを見るのはもちろん、そんな彼らを客席から一心不乱に見つめる女たちを眺めるのも好きだった。その表情こそ拝めないものの、彼女たちが熱に浮かされているのは後ろ姿から十二分に伝わってくる。それぞれが自分の推しに魅せられ、得も言われぬ恍惚に浸っていることだろう。

だけど、残念。彼らはけっしてあなたたちのものにはならないの。だって、みーんなわたしのものなんだから。

花江がプロデューサー兼作・演出として、西新宿にある劇場リバーサイドでミュージカル『ボーイズランド』を始めたのは七年前だった。キャストは全員が若い男で、彼らはみな、メジャーな芸能プロダクションに所属する容姿端麗な俳優の卵だ。

そんな彼らが花江の創造した世界で、造形したキャラクターになりきるのである。こんなに素晴らしいことがほかにあるだろうか。おまけにその対価として大金まで転がり込んでくるのだから笑いが止まらない。幸福もここに極まれりだ。

もっともボーイズランドは今でこそチケットの取れないミュージカルとして名を馳せているが、始めた頃はまるで客が入らなかった。公演を打つたびに赤字を出し、プロデューサーである花江は破産寸前まで追い込まれた。それでも退却しなかったのは客のリピーター率が高かったからだ。それはつまり、一度足を運んでくれさえすれば気に入ってもらえるという証だった。何より、花江自身がボーイズランドの虜で、あきらめたくなかった。

だから花江は借金をしてまで宣伝に金を注ぎ込み、集客に尽力した。また、キャスティングにもより注力した。魅力的な俳優を探し出し、マネージャーを捕まえ、出演してもらえるように粘り強く交渉する。苦渋を嘗めることも多かったが、花江は相手が聞く耳を持ってくれるまで何度もアタックしつづけた。

その甲斐あって、少しずつ客席が埋まってきた。そして始動から二年が経った頃、今もっとも勢いのあるミュージカルとして大手メディアに紹介されたことで人気に火がついた。

そうなるとボーイズランドの置かれる状況も、花江の立場も、何もかもが一変した。

今ではボーイズランドのオーディションは書類審査から始まり、実技を測る二次、三次審査まである難関オーディションとなっており、若手俳優の登竜門的な位置付けとなっていた。芸能プロダクションのマネージャーたちはこぞって花江に営業を掛け、「どうかうちの子を」と、コメツキバッタのように頭を垂れる。もちろん俳優たちも花江に気に入られようと必死だ。

ボーイズランドを始めた頃を思えば、いや、これまでの人生を思い返せば、花江は深い感慨を禁じ得ない。

容姿が醜いことで散々虐められた十代、その反動で整形を繰り返した二十代、ホストに狂い借金地獄に陥った三十代、そして四十歳になり、遠い昔から頭の片隅にあった理想郷を具現化すべく立ち上げたボーイズランド。

それは衝動的で、無鉄砲で、ヤケクソとでもいうべき愚行だったかもしれない。

なぜなら花江は演劇に関して、ズブの素人だったのだから。

もっとも、わずかばかりの自信はあった。なぜならデタラメなエピソードを仕立て上げ、それがあたかも真実であるかのように振る舞い、人々を欺く——花江は物心がついたときから、ずっとそうして生きてきたからだ。

そう、これぞまさに演劇そのものである。

人生とは実に不思議なものだ。いつ、なにが起こるかまるでわからない。

花江はもしもタイムマシーンがあったなら、荒んでいた頃の自分に会いに行き、「大丈夫よ」と囁き、抱きしめてあげたいと思う。

だって、わたしは今、こんなにも幸せなんだから——。

「叶野社長。今少しよろしいでしょうか」

と、終演後にロビーですり寄ってきたのは宣伝担当の若手社員だった。現在ボーイズランドは法人化された叶野企画の興行なのである。

「媒体さんがたくさんいらっしゃっていて、今から叶野社長に取材をさせてもらえないかとおっしゃっているのですが、可能でしょうか」

「不可能。今はね。一時間後にみんなまとめてなら対応してあげる。ただし十分だけ」

口早にそう伝え、花江は楽屋に向かった。

楽屋のドアの前に置かれたソファーには、ヘアメイクやスタイリストの女性スタッフたちが集まって談笑しており、花江を認めて全員が立ち上がった。

花江はそんな彼女たちに「おつかれさま」と声を掛け、楽屋のドアノブに手を掛けた。

すると、「あ、今みんな着替えているところです」とスタイリストが横から言った。「だから？」と花江は小首を傾げる。

「一応、配慮した方がいいのかなって」

「なんの配慮？」

「昨今のジェンダー問題とかもあって、男性キャストとはいえ、着替えを見られたくない人もいるかもしれないので――」

「くだらないことを言わないでもらえる？　気分悪い」

そう一蹴すると、スタイリストは顔を引き攣らせた。

ここ数年、女性の権利を強く主張する女たちが現れた。彼女たちは社会の中でいかに女性が男性に虐げられているかをアピールすることにシャカリキなフェミニストたちだ。

そしてここ最近、そんな女たちに対抗するように、世間の一部の男たちが反論の声を上げ始めた。

それは具体的にどういうものかというと、レディースデーなどの女性優遇サービスの廃止要求といったものから、男性専用車両を作れなどといった無茶なものまである。とりわけ話題になったのは、

「男性トイレに女性清掃員がずかずかと入ってくるのはどうなのか。だったら女性トイレにも男性清掃員が入っていいってことになるだろう」というもので、この問題を問われた有名な女性議員が「たしかに男女平等の観点からすると、彼らの主張はごもっとも」と阿呆な答弁をしたことで、この手の議論がメディアで多く交わされるようになった。

そして、こうして一般市民の日常にも影響を及ぼし始めた。

花江は辟易していた。心底くだらないと思っていた。

結局のところ、くだんの屁理屈をほざく男たちの正体は女性蔑視者なのである。女が力を持つことが絶対的に我慢ならないのだ。

そんな男どもは無視してやりゃいい。どうせ世間の女に相手にされないような残念な奴らだ。

その一方、我が息子たちはそうした男どもとは対極に位置する、求められる側のメンズである。

若く、エネルギッシュで、そして美しい。

花江は楽屋のドアを開け、「おつかれさまーっ」と大きな第一声を発した。するとおよそ二十人の男性キャストたちから、「おつかれさまでーす」と爽やかな返事があった。

それから一人ひとりとハグを交わした。終演から間もないので、彼らはみな汗ばんでいて、それがまたイイのである。以前、花江とのハグを拒んだキャストがいて、その男はすぐに降板させた。わたしを受け入れられないような者をこの城に住まわせてやる道理はない。

「あなたたち、わかってると思うけど、明日はソワレのみだから今夜は飲みに行くわよ」

花江がジョッキを掲げる仕草をして言うと、イェーイとみんなが沸いた。

ただ一人だけ、「あのう」と気まずそうに声を掛けてくる者がいた。今回の公演で初めて起用した二十二歳の中町壮太だ。

「おれ、今夜はバーのバイトが入っていて……」

「えっ。あなたまだバイトしてるの？」

聞けば壮太は芸能界に入ったばかりで、事務所からろくな給料をもらっていないらしい。バイトをしないと食べていけないというのだ。

「事情はわかったけど、今夜は休みなさい。こういう催しは参加しないとダメよ」

「でも、ワンオペなんでおれがいないと店を開けないんです。代わりに入ってくれる人もいなくて」

「もう」花江は頰を膨らませた。「次の日にマチネがなかったら前日はみんなで飲むの。それがボーイズランドのしきたり」

「はい。すみません。ほんと、すみません」

と、壮太は肩を落としてしょんぼりとした。それが子猫みたいでまたいじらしい。

「もしあれだったら会がひけたあと、壮太の店、顔出してあげようか」

「マジっすか」壮太が一転して目をビー玉のように丸くさせる。「ぜひ来てください。おれこう見えて、カクテル作るの得意なんですよ。花江さんに飲んでもらいたいんで、マジで来てください。あーやった。めっちゃテンション上がってきたー」

そんなにくらしいことを言うので、花江はたまらなくなり、壮太の髪をクシャクシャにして、細い身体をきつく抱きしめた。

壮太はメンバーの中でも、もっとも華奢な体格をしており、背丈も低い。典型的な子犬系男子なのだが、その一方、口調はぶっきらぼうで男っぽい。そのギャップに惚れてオーディションで抜擢したのだ。

「じゃあ、あとでわたしのLINEに店の場所を送っておいて」

花江がウインクをして言うと、壮太からも「はい」とウインクが返ってきた。


深夜一時過ぎ、花江はほろ酔いでタクシーに乗り込んだ。これから壮太との約束を果たすのである。恒例の飲み会は大いに盛り上がった。公演期間中のこの飲み会に参加できるのは基本的にキャストと花江だけで、舞台のスタッフも、キャストのマネージャーもいない。だからある意味、打ち上げよりも楽しい。

「歌舞伎町（かぶきちょう）まで」

仮にこれがホストクラブだったならばとんでもないことになる。一晩自分だけのためにホストたちに奉仕させたらウン百万円はすることだろう。そう考えれば十数万円程度で夢心地にさせてもらえるのだから安いものだ。何より、自分を囲ってくれているのはそこらのホストより、はるかにスペックの高い男たちなのである。だから最高としか言いようがない。

もちろん彼らが自分に対し、見返りを求めていることくらいわかっている。権力を持っていなきゃこんなおばさんを相手にするわけがない。

壮太がバーテンダーをしているというアルバイト先のバーは、風林会館（ふうりんかいかん）近くの雑居ビルの一室にあった。

静かなBGMの流れる店内に足を踏み入れると、薄暗いカウンターの向こうにバーテンダーのユニホームを身に纏（まと）った壮太を発見した。

壮太は花江を認めるとカウンターをサッと出て、入り口まで迎えに来た。

「マジで来てくれたんスね。ああはおっしゃっていただいたものの、おれなんかのためにわざわざ来てくれないだろうなって、半分あきらめてたんスよ」

と、そんなことを言って並びのいい白い歯を覗(のぞ)かせる。

「何を言ってるの。わたしはね、約束はきちんと守る女なのよ。さあ、美味(おい)しいカクテルをいただこうじゃないの」

壮太にエスコートされ、カウンター席の端に通された。そこはきっと花江のために空けていたのだろう、一番の良席(りょうせき)だった。

ほどよく冷えたおしぼりを「どうぞ」と、壮太が目の前で広げて手渡してくれる。

「ありがとう。お酒は壮太に……あ、いけない。あなたにお任せするわ。おすすめを作ってちょうだい」

店では偽名を使っているため、名前は呼ばないようにと壮太から事前に頼まれていたのだ。理由はもちろん、身元がバレて、ファンがやってこないようにするためだ。

今現在、花江を含めた客の数は五人だ。四人の客の構成は水商売と思(おぼ)しき小生意気そうな若い女の二人組、スーツを着た胡散臭(うさんくさ)そうな金髪男と連れの女、その女もまた水商売風だった。

壮太はカクテルシェーカーを慣れた手つきで振り、中身をグラスに注いだ。

「アラスカです。どうぞ」

グラスを手にして一口舐(な)めてみる。お世辞抜きに美味しかった。香草系のリキュールの鼻を抜ける感じがとてもいい。

褒めてやると、壮太は照れ臭そうにはにかんだ。

「あなた、いつからここで働いてるの」

「一年くらい前からです」

「あら。まだそんなものなの」

「はい。それまでは昼のバイトをいくつか掛け持ちしてたんですけど、芸能の仕事を始めてからは――」

昼は急な仕事やオーディションが入るかもしれないため、深夜に働くことにしたのだそうだ。

ちなみに壮太は最近ワンオペを任されるようになり、時給が一気に上がったらしい。それを誇らしそうに言うので、「ダメよ。勘違いしちゃ」と釘を刺した。

「バイトも結構だけど、こっちに夢中になったらダメ。バーテンダーはあくまで生活のためなんだから」

「はい。肝に銘じておきます」

「それに、もうすぐ芸能の仕事だけで食べていけるようになるわよ。ボーイズランドに出たらファンもつくし、ほかの案件だってじゃんじゃん舞い込んでくるんだから」

花江は声を落として言った。周りに会話を聞かれて詮索されたくない。

「そう期待してるんですけど、でもやっぱり、芸能の仕事だけで食っていくのはむずかしいっス」

「どうして」

「おれ、給料制なんスよ。だからどんだけ仕事をしても同じなんです」

その額を訊ねると、わずか十万円なのだという。そして次の契約更新までは昇給も望めないらしい。

というのも、壮太はボーイズランドのオーディションに受かるまで、ほとんど仕事がなく、それでも事務所は給料を払ってくれていたからだそうだ。

花江は話を聞きながら、改めて芸能界の厳しさを思った。ファンからちやほやされていても、誰しもが知るタレントにならない限り、食べていくのは困難なのである。だから俳優の卵はアルバイトをしている者がほとんどだ。

「それと実はおれ、田舎にいる親父に仕送りしてるんですけど、その金を捻出するのが結構厳しくて」

聞けば壮太は若くして母親を亡くし、父親と二人きりで生活してきたのだという。だが、その父親も数年前に病で倒れ、ろくに働くことができなくなってしまったらしい。

「親父は男手一つでおれを育ててくれたんです。いつも深夜に家に帰ってきて、でもおれの弁当を作るためにおれより朝早く起きて、それから夕飯を作り置きしてから仕事に出て、また遅くに帰ってきて……おれ、親父にはマジで感謝しかないです。だから近くにいて親孝行してあげたいんですけど、でも、おれにもこっちで夢があって……だからせめて金銭面だけは支えてあげたいんです」

そう話した壮太の瞳は潤んでいた。それが彼の美貌をより一層際立たせ、花江の胸は苦しくなった。食べてしまいたいくらい、可愛いのだ。

「あ、なんかヒロキくん泣いてるー」

と、からかうように言ったのはカウンターの逆端に位置する水商売風の女二人組で、「あたしたちが慰めてあげるからこっち来てー」と壮太を呼びつけた。

ヒロキというのはここで壮太が使っている偽名だろう。

「すみません、ちょっとだけ離れます」

と、壮太は花江に詫び、女たちのもとへ向かった。

花江はふんと鼻を鳴らした。

あの女たちが壮太目当てであることは店に足を踏み入れた瞬間からわかっていた。さらには、彼女たちが今夜ホストクラブに行くだけの金がなく、その代替としてここに来ていることも花江は察していた。要は、お目当てのホストと会えないため、せめて見てくれのいいバーテンダーに相手をしてもらいたいのだ。

あの女たちはかつての花江だから、すべてお見通しだった。

けどあんたら、一言だけ言っとくよ。壮太はね、あんたたちが夢中になっているホストなんかより、百倍すごい男なんだよ。

彼女たちは目の前にいるバーテンダーがつい数時間前まで華やかなステージに立ち、黄色い声援を浴びていたことを知らない。壮太の正体を教えてやったらさぞ驚くことだろう。

「ヒロキくんってほんとキレイなお顔してる」

「ほんとほんと。こんなところでバーテンなんてしてたらもったいないよ」

「こんなところでバーテンしてるからキミらと会えたんじゃん」

そんなやりとりを横目に見て、壮太にホストをやらせたら成功するだろうなと思った。女のあしらい方が堂に入っているのだ。

ここで後方のテーブル席からの、「なあ、困らせないでくれよ」という男の声を鼓膜が捉えた。

花江はさりげなく振り返り、様子を探った。するとスーツの金髪男が女の手を取っているのがわかった。

「じゃあ、今すぐ結婚して」と女が唇を尖らせて言う。

「どうしてそういう話になるんだよ」

「だって、あたしのこと好きなんでしょう」

「もちろん好きだし、結婚もしたいさ。けど、今じゃないだろ」

このわずかなやりとりだけで花江は二人の関係性を理解した。女は風俗嬢、男はスカウトマンだ。きっと女が仕事を辞めたいと言い出し、男はそれをなんとか阻止しようと必死なのだろう。

スカウトマンは自分が見つけてきた女たちの稼ぎの一部が報酬となるので、彼女たちを失うと死活問題なのである。だからスカウトマンによっては女を繋ぎ止めるために自分に惚れさせ、恋人にしてしまう者がいる。

もちろんごっこで、愛してもいないし、結婚など絶対にありえない。

だが悲しいかな、こんな舌先三寸に騙される人間が世の中にはごまんといるのだ。

花江もずっと、とりわけ三十代の頃、男を騙して生計を立てていたからよくわかる。冴えない中年男を見つけ出し、結婚をチラつかせ、あの手この手で金を要求するのだ。要するに結婚詐欺である。

これまで何人の男を騙してきただろうか。おそらく両手では足りない。

彼らは例外なく純で、疑うことを知らなかった。可哀想な女を演じた花江に同情し、いとも簡単に財布の紐を緩めてくれた。中にはなけなしの貯金を使い果たしてくれた間抜けもいた。

花江は神に感謝した。この世にこんなにもたくさんの愚か者を作ってくれて。

もっとも苦々しい思い出もある。結婚詐欺にかけた男——それは鈴木健一という四十九歳のシングルファザーだった――が、別れたあとにいきなり花江の前に現れたのだ。

というのも花江は、男から金を搾り取ったら一方的に別れを告げ、連絡を絶ち、行方をくらますのを常套手段にしていたのだが、鈴木はどういう手を使ったのか、住所も知らせていない花江の東京のマンションに前触れもなく現れたのである。

それも婚姻届を持って――。

「きっと何らかのやむを得ぬ事情があったんだよね。ね、そうだよね」

鈴木は花江が自分の前から姿を消したことを責めなかった。

「言いたくないなら言わなくてもいい。いつか話してくれるまでぼくは待つから」

花江は思わず噴き出してしまった。こいつは救いようのない大馬鹿者だ。

「鈴木さん、ごめんなさい。わたしたちの関係はもう終わったの」

だが、鈴木は引かなかった。去ろうとする花江にすがりつき、「ぼくを愛してるって言ったじゃないか。夢子のお母さんになってくれるって約束してくれたじゃないか」と泣き喚いた。

夢子とは当時中学生だった鈴木の一人娘のことだ。鈴木の信用を得るため、花江は娘にも何度か会い、手懐けておいたのだ。

「とっくに終わってるって言ってるだろうが。二度とあたしの前に姿を見せるんじゃねえ。次見かけたら警察に突き出してやるからな」

花江は婚姻届を破り、鈴木にそう吐き捨てた。

そしてその数時間後、鈴木は死んだ。

駅のホームから飛び込み、やってきた電車に踏み潰されたのだ。

花江はかぶりを振り、「おかわりちょうだい」と声を上げた。はからずも嫌な記憶を思い出し、気分が害されてしまった。

「ねえヒロキくん、誰なの、あの品のないおばさん」

カウンターの女たちが花江を見ながら言った。わざと聞こえるように言ったのだ。

烈火のごとく頭に血が上った。花江は衝動的に立ち上がり、女たちに向かって足を踏み出していたが、すぐに立ち止まった。

「品がないのはおまえらの方だろ」

そんな声が店内に響いたからだ。壮太が発したものだった。

「帰れ。おれの大切な人を傷つけるような奴は客じゃない。金払わないでいいから今すぐ消えろ」

花江はごくりと唾を飲み込んだ。それほど壮太の顔に怒りが滲(にじ)んでいたからだ。

女たちは壮太からいきなり怒りを露(あら)わにされ、戸惑っていた。

「おい。とっとと帰れよ」

「ねえ、ここのオーナー、うちら顔見知りなんだけど」女の一人が不敵に言った。

「だから?」

「バーテンにひどいこと言われたってチクるよ」

「お好きにどうぞ」

「あんた、クビになるかもよ」

「あっそ。いいから早く消えろよ」

それから女たちは、「チビが調子に乗んなっ」と捨て台詞(ぜりふ)を残して去っていった。

それから壮太は、「お客さん。今日はここで閉店にしますんで」とカップルに告げ、彼らも店から追い払った。

そして店内に二人きりになったところで、壮太がいきなり土下座をしてきた。

「せっかく来てくれたのに、気分を悪くさせてしまって申し訳ありませんでした」

「いいのよ、もう」

本当に花江の怒りは霧消していた。それは壮太が自分のために怒ってくれたからだ。

「ほら、顔を上げて」

壮太を抱えるようにして立ち上がらせた。つづいて彼の膝をはたいてやる。

「さっきはありがとう。壮太の言葉、すごくうれしかった」

「いえ、全然。花江さんはおれにとって大切な女性なんで」

大切な女性——。なんて心地よい響きなんだろう。

もっともそれもこれもわたしがボーイズランドの絶対的権力者だからだ。

花江がそのように告げると、壮太は小首を傾げ、「別にそんなんじゃないっス」とボソッと言った。

「だって、わたしがそこらのおばさんだったら、壮太だって相手にしてくれないでしょう」

さらにイジワルをすると、壮太は「もういいっス」と唇を尖らせ、バーテンダーユニホームの紐を解（ほど）いた。

「何よ、壮太。あなた何を怒ってんのよ」

「いや、別に」

「怒ってるじゃない」

すると、ここで壮太は身動きを止め、目を細めて花江を正視した。

「どうしたのよ」

「おれ、好きなんスよ」

「何が」

「あなたのことが。プロデューサーとしてじゃなく、一人の女性として」

花江は一瞬固まったあと、噴き出してしまった。手を叩いて大笑いする。

これまでも俳優たちはいろんな手法で花江にすり寄ってきた。だが、こんなお粗末な罠を仕掛けてきた者は未だかつて一人もいない。

「壮太。あなたねえ、大人をからかうのもいい加減に——」

言葉が途切れた。

花江の唇が壮太の唇によって塞がれたからだ。

2

会議室のテーブルを囲むスタッフたちは一様に顔をしかめていた。

先ほど、次回公演の主演を中町壮太にすると、花江が言い渡したからだ。

「叶野社長。お言葉ですが、さすがにどうかと思います」

と、身を乗り出して言ったのは古参の男性スタッフである立花だ。

「ほかのキャストたちに受け入れられるはずがありません。なぜなら、みんな中町くんより人気も経歴も圧倒的に上なんですから。もちろん彼らのマネージャーからもクレームが出るでしょうし、何よりファンが納得しないことでしょう」

ボーイズランドではキャストの人気投票というものを定期的に行っていた。キャスティングの透明性をはかるためというのと、ファンに金を使わせるためだ。ファンは自分の推しを少しでもいい番手で出演させるために、いくらでも投票券を買う。

「だから何度も言ってるじゃない。今回はわたしの中でも挑戦だって」花江は澄まし顔で言った。

「壮太には光るモノがある。あなたたちにはそれがわからないの」

「もちろん彼に素晴らしい素質があるのは我々みんなが認めるところです。しかしながら今回の抜擢はあまりに不自然です」

立花は真面目かつ優秀で、ボーイズランドへの貢献度は高かった。ゆえに花江にこのように物申せるスタッフは彼だけだ。

「それともう一つ、脚本についてなんですが、あまりに過激過ぎます」

「どの辺りが?」

「全体的にBL色が濃過ぎるんです。キャスト同士で服を脱がせる程度は許容範囲ですが、そのあとのディープキスであるとか、性器を弄(もてあそ)ぶような演出表現は今の時代にそぐわないと思われます」

「どうして?　そんなアニメや小説は腐るほどあるじゃない」

「それらは架空のものとして成り立っているわけで、ステージ上でキャストが実際にこれを行うのとはまったく話が異なります。セクハラ、パワハラ、ジェンダー問題、様々なノイズが湧き立つことは火を見るよりも明らかです。下手(へた)をすれば、営業停止になりかねません。どうか再考を」

花江はこれ見よがしにため息をついて見せた。

「ほんとわかってないわねえ。いい、あなたみたいな人が芸術を殺してるのよ。こんなの表現の自由の範疇でしょう。それに、わたしは相談をしてるつもりはないの。これは決定事項。従えないなら辞めてもらって構わないから」

有無を言わせぬ口調で告げ、花江は席を立った。

まったく、人が苦労して練り上げた構想にケチをつけやがって――。

脚本も、演出も、プロデュースもすべて、わたしが行っているのだ。ボーイズランドはわたしのものなのだ。だから何をしようがわたしの勝手だ。

次回作は何がなんでも中町壮太に主演を務めさせ、彼をスターにする。もちろん主演を演じさせただけではそれは叶わないだろう。客もたわけではないので、作品の品質が問われるのは当たり前のことだ。

そのために花江は試行錯誤し、次回作は性的表現を強く押し出すことに決めたのである。中性的な壮太に激しい濡れ場を演じさせることにより、彼の内に秘めたエロスを引き摺り出すのだ。

それこそが壮太をもっとも魅力的に見せる手法だと花江は確信していた。

「叶野さん。お待ちを」

背中に立花の声が掛かり、花江は足を止め、振り返った。

「もうあなたと話すことはないわ。辞めるの、辞めないの、それだけ教えてくれれば結構」

そう挑発すると、「辞めさせていただきます」と返事があったので、驚かされた。

花江としてはあくまで脅しのつもりだったのだ。立花とは過去にも似たような衝突が何度かあったのだが、最終的には彼が折れ、自分についてきてくれたのである。

「一つ、伺ってもよろしいでしょうか」立花は静かな目で言った。「いったい何があなたの感性を狂わせたのでしょう」

花江は眉をひそめた。

「これまでわたしはずっと我慢をしてきました。あなたの利己的な思考、横柄な態度、仕事の杜撰な進行、およそまともな社会人ではない人の側近として、わたしは胃が痛くなる毎日でした。それでも日々に耐えてきたのはあなたの強烈なカリスマ性に魅せられていたからです。幾多の無茶な要求に従ってきたのも、少なからずあなたの理想に賛同できる部分があったからです。しかしながら、今回ばかりはまったくありません。あなたがやろうとしていることはボーイズランドの歴史を蔑ろにし、泥を塗る行いです」

「………………」

「最近、あなたはおかしくなってしまわれた。叶野花江はふつうの女になってしまわれた」立花は物悲しい目をして言った。「では、これで」

去っていく立花の背中を見つめ、花江は虚無を感じた。怒りも悲しみも、露ほども湧かなかった。以前の花江ならこんな罵声を浴びせられ、黙っていることなどできなかっただろう。

そういう意味では立花は正しい。わたしは変わってしまったのだ。

壮太に愛された、あの日から――。

彼からキスされたのは二ヶ月前のことだ。以来、花江は寝ても覚めても彼のことしか考えられなくなった。

ほかの俳優たちなんてもう、どうでもよくなってしまった。どうせ彼らは花江が権力を持っていなければ見向きもしてくれないのだから。本物の愛を注いでくれることなどないのだから。

でも、壮太はちがう。わたしを心から愛していると言ってくれた。将来、わたしと一緒になりたいと言ってくれた。

ああ、愛(いと)しい壮太。わたしだけの壮太。

早く彼に会いたい。早くその凜々(りり)しい顔を拝みたい。そしてあの美しい声を聞かせてほしい。


〈まさか、冗談ですよね〉

電話の向こうにいる大久保(おおくぼ)は困惑していた。

大久保は壮太の所属する芸能プロダクションのマネージャーで、花江と同世代の女性だ。

その彼女にたった今、このように伝えたのだ。おたくの中町壮太を次回公演の主演に据えると。

「いいえ、本気よ。次の主演は壮太でいくわ」

それでもまだ大久保は半信半疑で、実感が湧いていない様子だった。だが、次第に事実だと認識すると、打って変わり興奮し始めた。

〈わたし、涙が出てきちゃった〉本当に洟(はな)を啜(すす)る音が聞こえてきた。〈こんなことってあるんですね。マネージャーになって二十年、初めて、こんなこと〉

「ふふふ。あるのよ。時折こういうことが」

自分の身に置き換えてもそうだ。神様は時に、とびきりの幸せをもたらしてくれる。

花江は窓の向こうに聳(そび)える、ライトアップされた東京タワーに目を細めた。

先日、花江はこのマンションを管理する不動産会社に相談を持ち掛けた。空きの部屋が出たら借りるからすぐに教えてほしいと。むろん、壮太が暮らすための部屋だ。

本当は一緒に暮らしたいのだが、それは互いの立場上、叶わぬ夢なので、せめて側に置きたいのである。

〈やっぱりあの子を所属させたのは失敗じゃなかった〉大久保がしみじみと言った。〈わたし、そら見たことかって会社の連中に言ってやりたいもの〉

「壮太は大久保さんが見つけてきたんだっけ？」

〈いいえ、あの子は自らうちの会社に履歴書を送ってきたんです。それで面接をして雇ったの〉

「へえ、スカウトじゃなかったの」

〈ええ。どうしてもボーイズランドに出たいっていう志望動機で。だからボーイズランドと関わりのあるプロダクションを片っ端から受けたみたいで、でもどこも落ちてしまったらしく、それで最後にうちみたいな弱小の門を叩いてきたの〉

「そんな自虐を言わなくても」

と笑いつつ、否定はしなかった。このプロダクションにいる限り未来はないだろう。だから花江は壮太に対し、契約期間が過ぎたらすぐに大手に移籍しなさいと勧めている。

何にしても花江はうれしくなった。というのも壮太はボーイズランドのオーディション面接の際、「ボーイズランドに出演したくて芸能界に入りました」といった動機を語っていたのだが、それは選ばれたいがための虚飾された言葉だと思っていたからだ。

壮太は本当にボーイズランド出演を夢見ていたらしい。

〈ここだけの話、壮太と契約した方がいいって言ったの、わたしだけなのよ。ほかのマネージャーや社長は顔はいいけど使い所がないって。背が低いのと、華奢過ぎるっていう理由で〉

「あらあら、みなさん見る目がないのね。その点、大久保さんはさすがね」

〈でしょう。あの子、ちょっと得体の知れないところがあるけど、なんでも器用にこなすし、どんな役にだって憑依することが――〉

「ねえ」と言葉を遮った。「得体が知れないって、何？」

〈うーん、秘密主義っていうのかしら。過去のことを訊いても、あんまり語ってくれないんです〉

それはあんたに気を許していないからだろう。現にわたしにはなんでも話してくれる。

「なんにしても、これで大久保さんの株も上がるんじゃないの」

最後に持ち上げるようなことを言って花江は電話を切った。

それから一時間ほどして、花江が鏡台の前で化粧を落としていると、スマホが鳴った。相手は斉木蓮司だった。

蓮司はボーイズランドに長年出演している俳優で、花江がもっとも目を掛けていた男だった。壮太が現れるまでは。

花江は電話に出るのが億劫だった。蓮司の用件は見当がついたからだ。きっと早くも噂を聞きつけたのだろう。

はたして応答してみれば蓮司はやはり怒っていた。どうして自分ではなく、壮太が主演なのかと。

ここ最近、蓮司の人気はうなぎ上りで、前回のファン投票では初めてトップを取った。本人は次回作の主演は自分だと確信していたのだろう。

「けっしてあなたが悪いわけじゃないのよ。ただ、次回の作品のコンセプトにたまたま壮太がマッチしたってだけなの」

〈それ、おかしくないですか。だって花江さん、わたしは主演を決めてから作品の構想を練るって、いつもそうおっしゃってたじゃないですか。だからみんな人気投票をがんばりなさいって、ぼくらに発破を掛けていたじゃないですか。それなのに今回は最初から壮太ありきで――〉

蓮司のクレームはその後もだらだらとつづき、最後は〈ひどいですよ。あんまりですよ〉とぐずりだした。

〈おれ、今までずっとがんばってきたのに、どうしてあんなポッと出のヤツに――〉

「うっさい」

〈え〉

「ごちゃごちゃうっさいのよ。あんた」

〈…………〉

〈女々しいったらありゃしない。男なら男らしく組織の決断を受け入れて、自分に与えられた仕事をこなしなさいよ〉

〈これは男とか女とか、そういう――〉

「黙りなさい。これ以上文句を言うなら降板してもらうわよ」

そう脅すと、蓮司は少し間を空けたのち、ボソッと〈なんであんなジャンキーが主演なんだよ〉と言った。

「何よ、ジャンキーって」

〈あいつ、覚醒剤やってるって噂があるんですよ〉

詳しく聞けば、壮太の腕に注射痕が無数にあるらしく、そこから話が飛躍して、彼がヤク中だという噂が出回っているそうなのだ。

「そんなのデマに決まってるでしょう。ばかばかしい」

〈でもあいつ、おれらの輪の中にも入ってこないし、誰とも連絡先も交換しないし、ちょっと人間的におかしいヤツなんですよ〉

「そうやって人を貶めようとするあんたの方がヤバいと思うけどね。なんて品性下劣な男なのかしら。あんた、今後本当に出演しなくていいから」

花江は一方的に電話を切った。


「ああ、これね。にんにく注射だよ」

と、壮太は細く青白い腕を見せて、一笑に付した。

「ほら、おれ、公演中も深夜にバイトしてたじゃん。さすがに疲労と睡眠不足でぶっ倒れそうになっちゃってさ、それで試しに打ってみたら効果があったから、以来ハマっちゃったってわけ」

「なんだ、そうだったの。ま、そんなことだろうと思ってたけどね」

疑っていたわけではないが、花江は安堵した。

壮太に限った話ではないが、今、メンバーの誰かが不祥事を起こそうものなら大変なことになる。

それこそ薬物で逮捕なんてされたら洒落にならない。それほどボーイズランドはメジャーになってしまったのだ。

「にしても、まさかおれがジャンキーとはね。あいつらの妄想力もたいしたもんだ」

壮太はそんな皮肉を言って、花江の髪を撫でた。

二人は今、花江の自宅の寝室のベッドの上で横たわっていた。

「でも、これからはきっと稽古場でもイジメられるんだろうな」

「わたしが目を光らせてるから平気よ。壮太に手を出したヤツは片っ端から降板させてやるんだから」

花江が鼻孔を広げて言うと、壮太は声に出して笑った。

「ただし、わたしたちが付き合ってることだけは絶対に誰にも知られちゃダメだからね」

もし、ボーイズランドのプロデューサーとキャストが交際していることが世間に知れたら一巻の終わりだ。

「そんな大げさな」

「まったく大げさじゃないわよ。いい、絶対に知られたらダメなんだからね」

花江が改めて釘を刺すと、壮太は頭と枕の間に両手を挟み、天井に向けてため息をついた。

「おれさあ、めんどくさいんだよね。コソコソすんの。いっそのこと世間に公表しちゃった方がいいんじゃない。おれら正式に付き合ってますって」

自分の立場を顧みず、こんなふうに言ってくれるから、また愛おしくなってしまう。とはいえ、まだ彼はお子様だから考えが浅はかなのだろう。

「うれしいけど、ダメなものはダメなの。そんなことしたら壮太の俳優人生だって終わっちゃうもの」

「だって、二十五歳も年上の女と付き合ってるなんて、イメージ悪いじゃない」

「そんなの芸能人でいっぱいいるじゃん。加藤茶とか」

「それは男が上でしょう。逆はないもの」

「それこそ男女差別だと思うけど」そう言って、壮太は花江に向けて身体を開いた。「ねえ、ペタジーニって知ってる？」

「ペタジーニ？　誰それ」

「昔の野球選手。で、このペタジーニが結婚した女性が二十五歳上だったわけ。でもこれが理由で、ペタジーニは逆に女性ファンが増えたんだって」

「おばさんをお嫁さんにもらったことで、イメージアップしたってこと？」

「そうそう。だからおれらが結婚を発表したとしてもたいしてダメージないんじゃないかと思うんだよね。むしろ話題性があっていいんじゃない」

「そんな単純な問題じゃないでしょう。それに今そんなことを発表したら、炎上して、最悪舞台を中止にせざるをえなくなるかもしれないし」

「じゃあ舞台が終わったら結婚を発表しようよ」

「またそんな――。どうしてそんなに急ぐのよ」

「だって早く一緒になりたいじゃん。まあ発表するしないは措いておいても、籍だけでも入れようよ。ね」

壮太が身を乗り出し、顔をぐっと近づけてきた。

「おれ、事務所にもきちんと話をするし、花江の家族にもしっかり挨拶に行くし。あ、花江もうちの親父に会ってあげてよ。親父のヤツ、きっと喜ぶだろうな」

「そうかな。こんなおばさん連れてきてショック受けるんじゃない」

「喜んでくれるさ。親父はきっと」と壮太が遠い目をして言う。

そんな壮太を見て、花江はため息を漏らした。どうしてこんな若くイケてる男子が自分なんかに惚れてくれたのだろう。女性向けの恋愛漫画でもこんな夢物語はないはずだ。

「ああ、いい触り心地」

壮太が花江の乳房を優しく揉み始めた。もっともその手つきにいやらしさはなく、純粋無垢な赤子のようだ。

彼は母親を知らないから、きっと女性の乳房が恋しいのだろう。そして年上の女に恋い焦がれてしまうのも、その生い立ちが多分に影響しているのだろう。

「そういえばもうすぐ誕生日だね」

花江が壮太の頰を包み込んで囁いた。この美しい顔から、点々と伸びた無精髭の感触がたまらない。

「ねえ、何か欲しいものはある？」

「もうもらったじゃん。まさか本当におれを主演にしてくれるなんてさ。こっちは冗談半分で言ったのに」

「ふふふ。壮太の欲しいものは全部与えてあげたいの。だから次は何が欲しいの」

「おれが欲しいのは花江だけさ」

そう言って、壮太は花江に覆い被さり、唇を重ねてきた。舌を絡ませ、濃密な接吻を交わす。とろけてしまいそうだった。

だが、二人の行為がこれ以上進展することはなかった。

――おれ、主演を張れるようになるまではしない。これはおれの男としてのけじめだから。

以前、壮太はそう宣言した。主演舞台の幕が下りるその日まで、花江を抱くことを我慢するのだと。

ああ、早く次回公演がやってこないものか。

正直、こちらの方が限界だった。

早く壮太に抱かれたい。

壮太と一体になれたら、どれほど幸せなのだろう。想像しただけで、天国に昇るような気持ちになった。

3

大千秋楽の劇場内はこれまでにない、どこか重たい雰囲気に包まれていた。

新人の中町壮太を主演に据えたこと、また、その過激な内容に対する抗議の思いをファンは抱えているのだろう。

ファンの女たちは花江をはじめとした運営スタッフに対する不満と怒りを隠そうとしなかった。制作会社にはクレームの電話やメールが殺到した。それこそネットは酷評の嵐で、ファンをやめると宣言した者も少なくなかった。

それらすべて、知ったことか、と花江は思っていた。離れたいなら離れりゃいい。そんな奴らはボーイズランドの本当のファンじゃない。たとえその数が半分に減ろうとも、チケットが売れ残る心配はないのだし、だいいち壮太のファンだけは喜んでくれているのだ。

何より、誰よりもわたしがうれしいのだから。それがすべてだ。

やがて物語はエンディングを迎え、幕が下り、そしてカーテンコールが始まった。

横一列に並んだキャストの中央にいるのはもちろん主演の壮太だ。

その壮太が、「本日はご来場くださり、誠にありがとうございました」と、まずは客席に向けて挨拶をした。

そしてここから、キャストたちが一言ずつスピーチするのがボーイズランドの大千秋楽の習わしだった。だから大千秋楽のチケットだけはネットオークションで十倍の値段がついたりもする。

スピーチが始まると、劇場内の空気が徐々に緩和していった。ファンはスタッフへの不満はあれど、キャストを責める道理はないので、彼らが話し出すと素直に声援を送り、推しの名前の書かれた団扇を掲げたりしていた。

ほら、おまえら、なんだかんだ言って推しが見られたらそれで満足なんだろう。

花江は定位置の最後部座席の端でふんぞり返り、鼻を鳴らした。

ほどなくしてキャスト全員のスピーチが終わり、壮太が締めの挨拶をした。BGMが鳴り出し、拍手の中キャストが順々にステージからはけてゆく。最後の壮太の姿が消えたところで、一旦、緞帳が下りた。

だが、客席から再び拍手が湧き起こり、幕が上がり始めた。ここから大千秋楽恒例のダブルカーテンコールの時間なのだ。

そしてこのダブルカーテンコールで迎えられるのは主演のみ。

スポットライトを浴びた壮太が上手からゆっくりとした足取りでステージの中央に向かう。

「改めまして、本日はご来場くださり、誠にありがとうございます。みなさまのおかげでこうして無事に幕を下ろすことができます」

ああ、なんてステキな瞬間なのかしら。花江はうっとりとした。

「えー、この場をお借りして、みなさまに一つ、ご報告させていただきたいことがございます」

客席の空気が変わった。

……何を言うつもりだろう。花江はやや不安になった。まさか本気でわたしとの交際を発表する気なんじゃ――。

「わたくし、中町壮太は……本日をもって芸能界を引退します」

――？

客席が一気にざわめいた。

「もともとぼくが芸能界に入ったのはこのステージに立つためでした。理由はこのボーイズランドを壊したかったからです」

――？

「ぼくの……いや、あたしの本当の名前は鈴木夢子と言います」

――？

「あたしは、今から七年前、ボーイズランドのプロデューサーである叶野花江氏に殺された鈴木健一の娘です。叶野花江氏は、当時シングルファザーであったあたしの父に対し、結婚詐欺を働き、言葉巧みに金を騙し取りました。そして父は――」

花江は何も考えられなかった。思考のスイッチが切れてしまっていたからだ。

「叶野花江さん、いかがですか。愛を誓った相手に裏切られた気分は？」

ステージ上の壮太の目は真っ直ぐ花江を捉えていた。その姿は花江の知っている男ではなかった。

いや、男ではなく、女に見えた。

「あたしは今日のこの瞬間のために、そのためだけに生きてきたの」そう言って夢子が自身の腕をさする。「女の身体に男性ホルモンを投与するのって結構キツいのよ。副作用も出るし――」

ここで花江の視界が左右に揺れ出した。身体が震え始めたのだ。

「ああ、そうそう、お父さんにはぜひとも会ってあげてくださいね。墓前で手を合わせて――」

夢子の声が徐々に遠のいていった。その姿も見えなくなった。

緞帳が下りたのだろうか。

いや、ちがう。

下りたのは目蓋で、遠のいたのは意識だ。

静かな闇が花江に終幕を告げていた。

相 方

1

「どうもーっ」

出囃子（でばやし）が収録スタジオに響く中、ミチオは相方のノリオと共に、舞台セットの袖からステージ中央に向かって行った。

サンパチマイクを前にしたところで、ノリオが「どうも『ミチノリ』でーす。よろしくお願いしまーす」と愛想良く自己紹介をした。

まばらに湧き起こった拍手はどれもスタッフらによるものだ。一般の観覧客は一人として入っていない。コロナ対策で客を入れずに漫才特番をやると聞かされたとき、おまえら正気か、とミチオはスタッフたちの神経を疑った。マネージャーに懇願され、出演することをしぶしぶ承諾したが、やっぱり断っておけばよかった。

これは酔狂を通り越して、もはや茶番である。

「いやーノリオよ。今日はむちゃくちゃ最悪やな」

と、ミチオがいつもの調子でネタを切り出す。ちなみにノリオはミチオのこの一言目でどのネタを披露するのかを察知する。二人で事前に取り決めはしないからだ。

「いきなり何よ。何がそんな最悪なんよ」

「風や風」

「ん？　みっちゃん、あんた風邪引いとるんか」

「ちゃうちゃう。今日はやたらと風がびゅーびゅー吹いてるやろって」

「ああ。そっちの風か。たしかに今日は強風やけど、でもなんでそれが最悪なんや」

「そりゃ髪が乱れるからに決まってるやんけ」

「えっ？」

「せっかく鏡の前でビシッとヘアをセットしてもやな、一歩おもてに出たら風にバーッと煽られて
――」

「おお、待ち待ち」とノリオがミチオの肩に手を置く。

「なんや」

「みっちゃん。あんた、つるっ禿げやないか」

ここでミチオは鼻で笑う。「おまえの目は節穴か。おれの後頭部をよう見てみい。産毛がびっしり生えとるがな」

「悲しい自慢をすんなや。そんなことゆうたらおれの方が最悪やで」

「どうしたんや」

「ダイエットコーラや思て安心して飲んどったんが、ふつうのコーラやったんや」

「今さらそんな細けえことを気にする体型か。おまえ今何キロあんねん」

「たったの〇・一トンや」

「恐ろしい単位に足突っ込んでるやないか。おまえな、チビでデブって終わっとるぞ。この世で一番モテへん組み合わせや」

「ハゲのブスより百倍マシやと思うけどなあ」

「おいコラ。紅顔の美少年を捕まえてブスやと」

「いやいや、あんた四十八歳の――」

ここで、「ごめんなさーい。一旦止めまーす」とフロアディレクターが声を上げた。

ノリオと顔を見合わせる。なんだろう、機材トラブルか。

「あの、すいません。その手のネタはちょっと」ステージ下にいるフロアディレクターが苦笑いで告げてきた。

「どういうことや」ミチオは眉間にシワを寄せた。

「ですから、ハゲとかデブとか、そういう感じのはちょっと控えていただけたらなって」

「なんでやねん。おれらずっとこれでやってるんやで」

「わかります。しかし、昨今は容姿で笑いを取ることに視聴者も敏感でして」

「おれらは自分らのことをゆうてるんやからええやんけ。別に茶の間の誰かを特定して馬鹿にしとるわけやないやろ」

「それはおっしゃる通りなんですが……ただ、こちらも事前打ち合わせの際に、昨今の風潮に合わせたネタでお願いしますとお伝えしたかと」

「なんや。まるでおれらのネタが時代遅れみたいに――」

「みっちゃん」ノリオが手で制止してきた。「その辺にしとき。この子も上の人に指示されてゆうてんねやから――わかった。別のネタやるわ」

「すみません。助かります」

「おい。勝手に話を進めんな。だいたいどのネタをやるっちゅうねん。おれらのネタはどれも自虐が入っとるやないか」

「そん中でもちょっとマイルドなのがあったやろ。ほら、みっちゃんがまだハゲてない頃に作ったのが」

ノリオはそう言って、ボロボロのメモ帳を繰り出した。それを見てミチオは驚いた。これはいったい、何十年前のネタ帳なのか。

もっともここに書かれているネタ自体はすべてミチオが考案したものだ。ノリオはそれを忘れないよう、メモに取っているだけである。

「あった。これや、これ」

ノリオがとある頁を開いて見せてくる。だが、字があまりに汚く、解読不能だった。園児だってもう少しマシな字を書くだろう。

「サラッと合わせるから三分ちょうだい」ノリオがディレクターに言う。「ほら、みっちゃん。やろうや」

収録を終え、楽屋に戻ってくるなり、ミチオはネクタイを外し、それをメンコのようにして畳に叩きつけた。

「おれは二度とこんな番組に出えへんからな。誰に頭下げられても絶対に出えへん」

部屋の隅で身を小さくして立つマネージャーに鼻息荒く告げた。

「ミチノリは三十年これでやっとんのや。おれらを呼んだら、どういうネタをやるかくらい想像がつくやろ。何がお笑い新春特番や。世間の声にビビって笑いなんか生まれるか」

マネージャーは自らが叱られているかの如く項垂れている。

「だいたいな、客も入れんと漫才番組なんか組むなや。いくらコロナ禍やゆうたって十人、二十人くらい入れたってええやないか。どの道、芸人もスタッフもスタジオには大勢おるねんから。結局んところ、三密守ってまっせ、安全に配慮してまっせっていう世間へのパフォーマンスやろ。じゃあなんで若手の芸人はみんな大部屋に押し込まれてんねん。あいつらにも一人ずつ楽屋用意したれや。おれはテレビのそういう見せかけのとこが気に食わんねん」

ミチオが口角泡を飛ばしていると、コンコンとドアがノックされた。マネージャーがドアを開けると、その先には若手の芸人らが大勢控えていた。楽屋挨拶は面倒だからまとめて来いと伝えているため、後輩たちはいつもこうして団体で訪れる。

「にいさん、おつかれさまです。今日は勉強させていただきありがとうございました」先頭の一人が言い、「ありがとうございました」と全員がいっせいに頭を下げてきた。

「勉強なんかさせてへんわ。あんなん、おれらの本来の漫才とちゃう。おまえらはわかるやろう」

「はい。わかります。自分たちもあれはダメ、これもダメって言われてめちゃくちゃストレス溜まってます」

「なんや、おまえらも窮屈な思いをしとるんか」

「もちろんです。ていうか、にいさん方ベテランはまだいいですよ。おれら若手なんて、時代の空気を読めないんだったら帰れくらい平気で言われますからね」

「マジか。それはむっちゃ腹立つな」

「ええ。マジでムカついてます」

「こんなん言葉狩りやで。おれらフツーのことゆうてるだけやん。おいおまえら、おれがハゲでブスやと思うヤツは手ェ挙げろ」

全員が即座に挙手した。

「おまえらどついたろかい」

どっと笑いが起きた。

「ほれ、結局はこういうことやねん。笑いってのはこういうことで起きんねんて。せやろ」

「はい。まちがいないっス」

「よっしゃ。今から飲み行こ。おまえら全員連れてったるわ」

するとと全員の表情がいっせいに強張った。

「にいさん、さすがにそれはちょっと」若手の一人が気まずそうに言う。

「なんや。別に構わんやろ。マンボウはとっくに明けとんのやで」

「いや、でも……」

「おまえらしっかりニュース見とるか。昨日の感染者数なんて全国で五十人切っとるんやぞ」

「そりゃそうなんですけど……でも今大勢での飲み会なんかして、すっぱ抜かれたらまずいっスよ。自分らは名前がないからいいですけど、にいさんは問題になってしまいますから」

「だからなんで問題になるねんて。コロナが落ち着いとるんやったら好きに飲みに行ったってええやんけ。飲食店はこれまでずーっと泣いとったんやで。こっからみんなで助けてやらにゃいかんやろうが。ほれ、早いとこ用意せえ。行くぞ」

「みっちゃん。よしとき」廊下を通りかかったのだろう、若手らの後方からノリオの声が上がった。

「みんな困っとるやろう。連れてくなら一人二人にせえや」

「なんやノリオ。おまえ、こんなとこでも理解ある人間を演じるんか」

「なんやその言い方」ノリオがムッとした表情を見せた。

「おまえはいっつもスタッフの言いなりやんか。さっきやってあんなガキンチョディレクターの指示にハイハイゆうて従いやがって」

「誰もハイハイゆうて従ってへんやん。あの子も板挟みやし、かわいそうやったから――」

「関係あらへん。おれらはこのスタイルでやっとんじゃゆうて突っぱねるのが本物の芸人や――なあ、おまえらもそう思うやろ」

若手らに水を向けると、「いや、その」と全員が視線を逸らした。

「だからそうやって周りの人を困らせるなゆうとんじゃ」

「いつおれが困らせたんや」

「今まさに困らせとるやろう」

「あの、やめてください」後輩の一人が顔を歪めて言った。「芸人の喧嘩はアイボも食わんですから」

この後輩は犬のロボットのアイボを相方にして漫才をしているピン芸人だ。

「おまえ、今のはボケたつもりか」

「……はい。一応」

「まったくおもんないぞ」

「……すんません」

「まあでも、あいつよりはいくらかマシや」ノリオに向けてアゴをしゃくった。「ネタも書かなけりゃあ企画も何もせん。まったくいいご身分やで」

ノリオが目を剝いた。そして何か言葉を発しようとしたが、途中で吞み込んでいた。図星だから言い返す言葉がないのだ。

「もうええ。好きにせえ」

負け犬のごとくノリオが場を去っていく。その背中に、「おつかれさまです」と若手らが腰を折る。

「ええねんて。あいつ、疲れてなんかいいひんのやけ」ミチオが鼻で笑って言った。「おまえら知っとるか。ノリオはコンビ結成以来、いっぺんもネタを書いたことがないんじゃ。いつだっておれが考えた台詞、教えた動きをロボットみたいにこなしてるだけやねん。それこそアイボちゃんみたいにな」

若手らはみんな俯き黙り込んでいた。


千鳥足で自宅玄関のドアを開けると、迎えた妻の幸子が「酒くっさ」と顔をしかめた。

「おう。水持ってこい」と、ミチオはぞんざいに告げて上がり框に腰を下ろした。

「水飲んだらあんたここで寝るやん。脱水症状で死にたくなかったら自分の足で冷蔵庫まで行け」

舌打ちした。「クソババアが」

幸子は高校時代の同級生だった。当時から仲のいい女友達だったが、女として意識をしたことはなかった。実際に妻との交際歴はないに等しい。というのも、高校を出たあと芸人になったミチオが家賃が払えず、アパートを追い出された末に幸子のアパートに「一週間だけ」という約束で転がり込んだことで、今に至るのである。

一週間が経った最後の日の夜、つい関係を持ってしまい、その一発で子どもがデキてしまったのだ。妻はこのことを、「人生最大の過ち」と未だにボヤいている。

もっともミチオにとっては最大の幸運だった。口が裂けても言えないが、自分にとって妻以上の女はいない。彼女は最高のパートナーであり、相方だ。

ミチオが居間のソファーにもたれて水を飲んでいると、「そういえばノリオのところの末っ子の桜ちゃん、高校受かったらしいな」と台所で洗い物をしている妻が話しかけてきた。

ノリオも高校の同級生なので、妻とも昔からの知り合いなのだ。ちなみにミチオとノリオは小学校も中学校も一緒だ。

「知らん。おまえ、それ誰から聞いたんや」

「ノリオ本人や。昨日LINEが来てたわ」

ミチオは口の端を吊り上げた。「あいつ、おれにはそんなこと一言もゆわんくせに」

もっとも話す場がないのだろう。最近では本番以外は顔を合わすこともない。だいいち互いの電話番号も、住所も知らないのだ。

「あんた、きちんと入学祝い渡しときぃや」

「ええわ。んなもん」

「あかんて。うちだってノリオからずっともらっとるんやから。用意しとくから明日持ってって」

面倒事にため息が漏れた。もっとも、ノリオのマネージャーに預けて渡してもらえばいいのだが。

「ああ、それとあんた、裕朗の結婚式、ノリオのことも誘うで」

弾かれたように身体を起こした。「なんでや。あんなの要らんて」

「裕朗がノリオさんにも声掛けてくれって。子どもの頃、いっぱい遊んでもらったからゆうて」

「アホぬかせ。大体どこに座らせんねん」

「そりゃ身内のテーブルしかないやろ」

「あかんあかん。おれらが並んどったらええ笑いもんやぞ」

「あんたらの職業は人様に笑ってもらうことやん」

二十八歳になる長男の裕朗が夏に結婚披露宴を行う予定なのである。息子は父親を反面教師にしたのか、さほどお笑いに興味を示さず、今は地方公務員として役場で働いている。それはさておき、当日は絶対にノリオにピンの仕事を入れておけと、マネージャーに言いつけるしかない。我が息子の結婚式にコンビで参列など、悪い夢のようだ。

ミチオは荒い息を吐いて立ち上がり、棚から焼酎を取り出した。

「まだ飲むつもりなん？　やめときって」

「うっさい。おれの勝手じゃ」

「明日に残るで。劇場入ってるんやろ」

「おれらの出番はトリや」

軽蔑の眼差しで見られたが無視して酒をグラスに注いだ。それを持って再びソファーに腰掛け、テレビを点けた。

ザッピングして知り合いの芸人が出ている番組を探す。ちょうどおあつらえ向きなバラエティ番組をやっていたので、酒を舐めながら視聴した。MCを務めるのは同じ釜の飯を食ってきたコージー小林だ。小林は二つ年上の先輩であるミチオを差し置いて、看板番組を三つも抱える憎らしくも可愛い後輩芸人だ。

「このゲストの女の子ら、初めて見るな」となりに座った妻が言った。

それは揃いもそろってデブという、芸人としては最高においしいルックスを持つ若手の女芸人三人組で、世間的な知名度はないがミチオはもちろん知っていた。劇場で何度か一緒になったが、彼女らが繰り広げる自虐コントには目を見張るものがあった。

「おい。なんで今そのツッコミやねん」ミチオは思わずソファーを叩いた。「あーもったいな」

ゲストがそれぞれに理想のデートを語るというトークコーナーで、くだんの女芸人の中のもっとも太っている一人が、湖で彼氏と白鳥ボートに乗りたいという話を披露したのだが、コージー小林はそれに対し、「白鳥なんてガラやないやん」と弱めにツッコんだのである。案の定、トークはたいして盛り上がらずに終わった。

ミチオはすかさずコージー小林に電話を掛けた。

「コバよ、今おまえの番組見とるけどなあ、あの場面であんなぬるいツッコミはないやろ」

小林もちょうど自分の番組を見ていたようで、〈ああ、白鳥のヤツですか〉とすぐに話が通じた。

「そうや。あの場面での正解は、『白鳥だって溺れるで』やろ」

〈やっぱそうっスよねえ。おれが最初に思いついたんも、『動物虐待やろ』やったんスよ〉

「おもろいやんけ。なんでそれをゆわんのや」

〈どうせ切られちゃうから。だからカットされないツッコミをするしかないんですわ〉

聞けば容姿をイジって笑いを取ると、放送後、番組にクレームの電話が入るのだという。ゆえにスタッフからキツイのはよしてくれと釘を刺されているのだそうだ。

〈最初は知ったことかゆうて、聞く耳を持たんかったんですけど、ネットとかでも散々叩かれてるらしくて……自分でもちょっと調べてみたら、まあこれがエグいんですわ。とくにフェミニスト団体とかプラスサイズモデルとかはかなり厳しい批判をしてくるから、スタッフもぼくら演者も無視できんのですわ〉

「なんやねん、そのなんとかモデルゆうのは」

〈ふつうより大きいモデル。要するにふくよかなモデルです。みんな個性があるんやから太っていることを笑われる謂れはないってのが彼女たちの主張なんですわ〉

ミチオはかぶりを振って、かー、と嘆いた。

「コバよ、これは残酷な話やで。そのなんとかモデルとか、ふつうの子はそれでええわ。けどこの子らは芸人やん。デブネタ使えんのやったら、この子らどうやってメシ食ってくねん。自虐から入らな思っきし笑ってもらえんて。いくらベシャリが立つゆうても、それはデブが前提にあるからやん。別にな、この子らがスリムならそれで構わんねん。けど実際のとこはデブやねんから、それ抜きはどうしたって不自然やんか」

〈そらそうですけど、自分に訴えんでくださいよ〉

「いや、あかん。日和見のおまえの態度も気に食わんのや」

その後もミチオが後輩相手にくだを巻いていると、妻にスマホをサッと取り上げられた。

「コバちゃん、長々付き合わせちゃってごめんな。もう切るから」

そう告げ、妻は勝手に電話を切った。

「おいコラ、何してんねんババア」

「酔っ払いが長々と絡んでんなや。気色悪い」

「気色悪いやと？　おまえ誰に向かってゆうてんねん」

「あんたしかおらんやろ。ハゲでブスの悪酔いしたおっさんは最高に気色悪いわ」

そう言われ、ミチオはしばし黙り込んだ。

「急に黙り込んでどうしてん。まさか傷ついたんか」

「アホか。喜んどんねん」言ったあと、ミチオは天井の蛍光灯に目を細めた。「けど、やっぱそうやんな。おれはハゲでブスやんな」

「そらそうやろ。少なくともフサフサのイケメンでないことは保証したるわ」

「……風呂入ってくる」

腰を上げ、脱衣所に向かった。ババッと衣服を脱ぎ去り、シャワーも浴びないで湯船に身を沈めた。

ふう、と息を吐き、痺れた頭で思案を巡らせた。夕方の収録しかり、先ほどの小林の話しかり、昨今のお笑い界はちょっと異常だ。いや、お笑い界ではなく、世の中がおかしいのだ。

やれ差別だ、やれコンプライアンスだ、と事あるごとにしょうもないノイズが上がる。テレビでいえば茶の間の誰かが傷つくかもしれないから、もしくはスポンサーが機嫌を損ねるかもしれないからという理由で、平気で笑いを潰そうとする。それは大げさにいえば芸術を殺すということだ。

「世の中アホばっかかしや」

唇だけで独り言(ご)ちた。

どうして自虐すら許されないのか。人間には視覚がある以上、見た目から受け取る情報があり、そこから生まれる感情があるのは当たり前のことなのに。

「じゃあ何か。福笑いは差別の遊びっちゅうことか。おまえらのゆうてることはそうゆうことやぞ」

誰かに訴えていた。

ミチオとしては己の存在を否定された気分なのだ。

自分は少年時代からずっと容姿で笑われてきたし、笑いを取ってきた。二十代半ばで髪が薄くなってきたときはさすがにショックを受けたが、また一つ武器が増えたんだと思うことにした。そうやって自分は強くなってきたのだ。

なのに、今になって時代がそれらの武器を捨てろという。ミチオからすれば刀狩令(かたながりれい)を下されたようなものだ。

「おもろい顔面におもろいゆうて何があかんねん。ほんまアホばっかしや」

ミチオが浴室に声を響かせていると、「あんたさっきから何をブツブツゆうてんねん。いよいよおかしくなったんか」と妻が磨(す)りガラスの向こうから声を掛けてきた。

「おう、幸子。おまえも入ってこい。たまには一緒にあったまろうや」

冗談でそう告げると、磨りガラスに滲(にじ)んで映る妻が本当に服を脱ぎ始めたのがわかった。

ミチオは思わず噴き出した。ある種これは妻の逆をついたボケで、彼女は夫を笑わせにかかっているのだ。やっぱり笑いの基本は裏切りだ。

だが、妻が本当に素っ裸になって風呂に入ってきたことには驚かされた。酔ってなければ断固拒否するところだが、今は話し相手が欲しいので受け入れることにする。

ミチオは窮屈な浴槽で向かい合う妻に鼻息荒く愚痴を捲し立てた。

「怪我するかもしれんで険しい道を行くのはよそうやって、そんな無難な道に笑いが落ちとるわけないやん」「せやからユーチューブなんかに客を持ってかれんねんて。テレビの衰退は自業自得やで」

「ま、別にええけどな。おれは舞台の芸人やし。テレビなんてなくなっても構わんわい」

そうして三十分ほどしゃべり倒したあと、「なあ幸子。おれの考えは古いんかな」と改めて妻に問い掛けた。

「さあ、わからん。けど仕事が減ってるんやからそういうことなんとちゃう」

妻が平然とした顔でトゲのあることを言う。

実際のところ、コンビとしての仕事も、ミチオのピンの仕事も毎年少しずつ減っていた。まあ、それでもノリオよりは依然多いのだが。あの男が食っていけているのは自分のおかげだ。

「まったくつまらん時代やで。いったい誰がこんなふうにしたんや」

ミチオがボヤくと、「きっとインターネットやろうな」と妻が虚空に目をやって言った。

「ああ、もとをただせばあれのせいか。あんなもんなくなりゃええのに」

「でも、悪いことばっかやないやろ。ネットのおかげで救われてる人も大勢おるねんから。みんなに発言権が行き渡ったんや、そりゃいろんな意見も飛び交うし、多少の弊害も生まれるわ」

小癪なことを。もっとも誰かの受け売りにちがいない。

「しかしや、そのせいで芸人が困っとんねん。どうしておれらばっか割を食わなあかんねん」

「あんたらだけとちゃうわ。そういう考え自体、芸能人の驕りや——あかん。さすがにのぼせてまう。

先上がるわ」

そう言って妻は立ち上がり、浴槽を出て磨りガラスのノブに手を掛けた。

だが、彼女はここで動きを止め、後ろを振り返った。そして「あんたさ」と改まって声を掛けてきた。

「なんや。愛する妻の美しい裸体をじっくり拝めってか」

「最近ほんまにちょっと驕っとるんとちゃう」

「おれが？」目を見開いて言った。

「ゆうとくけどあんた一人で売れたわけやないやろ。今あんたが座っとる椅子はあんたが勝ち取ったもんかもしれんけど、一人やったら絶対座れてへんよ。それを忘れると痛い目に遭うで」

「…………」

「ほな、あんたも早いところ上がりぃや。こんなとこで溺死されたらつまらん。死ぬならもっとおもろい死に様を晒してくれんと」

不覚にも返す言葉が見つからず、ミチオは妻が閉めたドアにバシャッとお湯を浴びせた。

2

ミチオは落胆の日々を過ごしていた。ほかの誰でもない、自分自身に落胆しているのだ。

最近、テレビでも舞台でも妙にスベるのである。もちろん長年培ってきた経験があるので、そこそこの笑いは取っている。だが、そこそこだ。

理由はなんとなくわかっていた。ボケるときも、ツッコむときも、一瞬の躊躇いがあるからだ。この発言は大丈夫やろうな、問題にはならへんやろうなと、二の足を踏んでしまうのである。当然、半端なボケやツッコミがウケるわけもなく、結果、スベるという芸人にとって最大の恐怖の瞬間を立て続けに味わっていた。それがまたミチオを臆病にさせ、悪循環に陥らせる。

先日テレビの現場が一緒になった大御所の芸人からは、収録後に「まったくキレがない。今日のおまえはギャラ泥棒や」ときつい叱責を食らった。

「ミチオさん。あまり食欲ないんですか」

梅田の蕎麦屋のカウンターで、となりに座るマネージャーが箸を止め、横目で訊いてきた。この日は大阪で仕事があり、朝からマネージャーと二人で新幹線に乗って慣れ親しんだ街にやってきていた。東京での生活の方が圧倒的に長いが、やっぱり自分は西の人間だとここに来るたびに思う。

「ちゃう。満腹なんや」ミチオはぶっきらぼうに答えた。

「ざる蕎麦半分でですか」

「おれは燃費がええねん。おまえみたいにドカドカ食うやつは飢饉になったら真っ先にお陀仏やで」

「ついこの間まで自分より食べてたくせに」

「最近ハイブリッドに生まれ変わったたゆうたやろ」

ここでミチオは一瞬間を置き、「そんなことより、さっきのおばちゃんとの絡み、やっぱりカットになると思うか」と訊ねると、マネージャーは気まずそうな顔をした。

午前中に行った街ロケで、一般人の中年女性と絡んで見事にスベったのである。その中年女性は関西人だけにノリがよく、執拗にボケていたのだが、ミチオはそれを上手く料理することができなかったのだ。結果、変な空気となり、周囲の人々から「ミチオちゃん、カメラ回ってるんやで。ちゃんと仕事せんと」などとツッコまれる始末だった。

「おれ、こんなこと初めてやねん」

ミチオは蕎麦湯を舐め、ボソッと吐露した。抽象的な言い方だったが、長い付き合いのマネージャーにはその意味は伝わったようだった。

「すまんな。おまえもおれのこんな姿、見たくなかったやろ」

すると、マネージャーは「いえ、慣れてますから」と澄まし顔で答えた。

「慣れてるってなんやねん。落ち込んどるおれを見るのがってことか」

「まあ、はい」

「なんやそれ。いつや。いつおれが落ち込んだんや」

「M-1で予選落ちしたときとか」

「十年以上前の話やん」

「近年だってありますよ。ほら、テレビのレギュラーが立て続けになくなったとき」

「ああ、あんときか」

「ミチオさんって、ご自身じゃ気づかれてないようですけど、結構気持ちの浮き沈みが激しいタレントだと思いますよ。ま、繊細だから傷つくことも多いんだろうなと思ってますけどね」

虚を衝かれたような気分だった。けっして自分を能天気と思っていたわけではないが、こんなふうに言われるのは心外だった。

「でも、毎回持ち直すのがミチオさんだってことも自分はちゃんとわかってますから」マネージャーはそう言って、足元のカバンをごそごそと漁り出した。「本当は帰りの新幹線の車内で渡そうと思ってたんですけど――はい、元気の出るお薬です」

そう前置きして一通の手紙を差し出してきた。そこには見覚えのある文字で、《永遠のミチオファンより》と書かれている。

「ほんと、誰なんですかね。いつか正体を明かしてほしいもんですよ」

マネージャーが嘆息交じりに言った。

ミチオはそれには応えず、封を切り、手紙を読み始めた。

「はあ。相変わらず達筆だこと」マネージャーが首を伸ばして横から覗き込んでくる。「けど、本当にすごいのは毎回こういうタイミングで送ってくるってことだよなあ」

この差出人は正体を明かさないものの、いつだってミチオの有事に、事務所宛てに心のこもったファンレターを寄越してくるのである。ちなみに初めてもらったのは三十年くらい前なので、つまり差出人はデビュー当時からのミチオのファンだということになる。

手紙は案の定、ミチオをベタ褒めした内容だった。日本一の漫才師だとか、笑いの鬼才だとか、芸人にとっては歯の浮くようなワードが並べられていた。

ミチオは思わず肩を揺すった。

「ほら、元気出たでしょ」

「出るかい。こんなしょーもない」

ミチオは悪態をつきながらジャケットの懐に手紙をしまった。

「いつかワンマンライブで客席に呼びかけてみてくださいよ。昔から丁寧なファンレターを書いてくれるファンがいるけどどなたですかって。こんな手紙を書くくらいだから、きっとライブにも毎回来てるはずですよ」

「いや、この人来てへんねん」

「え、なんでわかるんですか」

「わかるもんはわかんねん」

「もしかしてミチオさん、この人の正体知ってるんですか」

ミチオは不敵に笑み、「さあ、どうやろうな」と肩をすくめた。

この手紙の差出人の正体に気づいたのは二十年くらい前の年の瀬だった。

その日は妻の幸子が自宅でせっせと年賀状を書いていた——毎年、関係各位に出す年賀状は妻が代筆してくれている——のだが、妻が席を外したときにミチオはふとハガキを手に取り、おや、と思ったのだ。

その数日前に読んだ、くだんの手紙の主の字と妻の字が似ているのである。ミチオはまさかなと思いながら、手紙とハガキを並べて見比べてみた。

すると驚いた。筆跡が完全に一致したのである。つまり、手紙の差出人の正体は妻の幸子だったのだ。

なぜ手紙が絶妙のタイミングで届くのか、これで合点がいった。差出人はまるでこちらの状況や心境を察しているかのように、ミチオが落ち込んでいるときに届くのである。

妻ならば誰よりも夫に詳しくて当たり前だ。

もっともミチオはその正体に気づいたことを幸子にまだ話していない。彼女が長年隠しているのだから、自分もずっと気づかないフリをしているのがいい。いつか引退したときに夫婦で語り合おうと、このことは大切に胸の中にしまっているのだ。

今日はケーキでも買うて帰ったるかな。ミチオはそんなことを思った。

3

「あーうっとうしい。あんたがウロチョロしたってオンエアは早まらんのやで、落ち着きぃや」

台所にいる妻が呆れた口調で言ってきた。

「ドアホ。これが落ち着いてなどいられるかい」

ミチオは目を剝いて言い返した。

今夜は自分だけでなく、すべての芸人がソワソワしていることだろう。理由は、これから三十分後に生放送されるカメトークというバラエティ番組内で、MCを務めるベテラン芸人コンビの解散が正式に発表されるからだ。

その芸人コンビはミチオにとって親しき先輩であり、同じ土俵で戦ってきた戦友だった。先日、コンビの双方から解散の報告を電話でもらったのだが、ミチオはそれから数日間、食事が喉を通らなかった。それほど二人はミチオにとって大切な存在なのだ。

ゆえにミチオは未だ解散を受け入れていないし、信じていない。まだなんとかなるのではないかと、心のどこかで解散破棄を願っていた。

はたしてオンエアの時間を迎え、妻と二人でテレビにかじりついた。

五十を過ぎた見慣れた男二人がカメラに映し出され、こちらに向かって深々と頭を下げている。この姿を見ただけで胸が詰まった。

後方雛壇（ひなだん）に映るゲストは全員が仲間の芸人だった。なぜ自分があそこに呼ばれなかったのか。ノーギャラでも出演したいと番組プロデューサーに直（じか）に訴えたのに、結局最後まで声は掛からなかったのである。

やがて二人が解散に至る理由を語り始めた。

肝心の理由は、簡潔にいえば物事に対しての価値観がズレてきたことが原因だという。それはどちらが正しい、間違っているではなく、互いに異なる考えを持ち、それを尊重した結果、お別れした方がどちらにとってもいいという結論に至ったと、まるで離婚発表の定型文のようなことを理路整然と語っている。

もちろんミチオはこれらの話を本人たちから直接電話で聞かされていた。ただ、そのときは、〈これ以上一緒におったら相方を憎んでしまう。それが嫌なんや〉と、互いに同じことを話していた。

聞きたくなかった言葉だが、その気持ち自体はよくわかった。自分もこれまで何度もノリオを憎んだことがあるからだ。なぜ自分ばかりがプレッシャーと闘い、苦しまねばならないのか。コンビ結成以降、ミチノリの重い看板を背負ってきたのは自分で、ノリオはそのとなりを手ぶらでくっついてきただけだ。ゆえにミチオが解散を考えた回数は片手じゃ足りない。

結局、番組はつつがなくすべてを終えた。ミチオの願いも虚（むな）しく、彼らは今日この瞬間をもって解散をした。

もっとも、不思議と穏やかな心境だった。番組を見るまではもっと悲しみに暮れるものと思っていたのだが、こうして二人の言葉を改めて聞き、お別れは最善の選択だったのかもしれないなと、素直に受け入れている自分がいた。

「きっと、これでよかったんや」

ミチオが真っ暗な画面を睨みながらボソッとつぶやくと、となりに座る妻が「何が?」と訊ねてきた。

「コンビ解散や」

「どして」

「一緒におったら壊れてしまうこともあるんや。二人三脚でいえば、歩調が揃っとるときは気持ちがええけど、ズレ出したらいつかは転けてまうやろ」

「一旦立ち止まってイチから足並みを揃えたらええやん」

「簡単に言うなや。何をどうしたって揃わんねん。せやからこれは、二人が互いに前進するための、前向きなお別れなんや」

「ふうん。前向きなお別れねえ」

「そや。ま、おれにはできひんけどな」

するると妻は小馬鹿にしたように鼻を鳴らし、「当たり前やんか。あんた一人でやってけるわけないわ」と耳を疑う発言をした。

「おい。おれはいくらでもやってけるぞ。ノリオは絶対に無理やけどな」

「どっちも無理やって。あんたらはニコイチ、二人で一人前やもん」

さすがにカチンときた。いくら妻といえど、聞き捨てならない台詞だ。

「なんや幸子、おまえなんもわかっとらんのやな。おれはおまえのことを買い被ってたみたいや」

ミチオがため息交じりに言うと、妻は小首を傾げた。

「ええ機会やからはっきし教えたるわ。おれがなんでミチノリを解散せえへんのかを。あいつが食えへんようになるからや。ゆうてもあいつは幼なじみやし、腐れ縁やんか。今じゃ奥さんも子どももおるし、さすがにこんなおっさんになって放り出せんわ。そうゆうとこが甘いんやって自分でも思うけど、どうしてもおれは鬼になりきれん。だってせやろ。手を離したら崖から落ちるとわかってて――」

「ちょっと待ちぃや」妻が冷静な顔で割り込んできた。「あんた、それマジでゆうてる？」

「当たり前やんか。大マジや」

すると妻は両手で頭を抱えた。「信じられん。絶望やわ」

「何がや」

「自分の旦那がこれほどアホやったんかってことに絶望しとるんや」

「アホやと」

「アホやなかったらクズや。人として終わっとる」

「おい」ミチオは目を剝いた。「おまえ、さすがにゆうてええことと悪いことがあるぞ」

「なんべんでもゆうたるわ。あんたは人でなしや」

妻が立ち上がって言い返してきた。おまけにクッションも投げつけてきた。それがミチオの顔面を捉える。

いきなり豹変した妻の態度に呆気に取られた。妻はまるで親の仇のような目で夫を睨みつけているのだ。

「買い被ってたのはあたしの方や。あんたのこと心底見損なったわ。あんた、マジでなんなん？　何様なん？　自分がおらなノリオは食ってけん、せやから損やけど一緒におるんやって、思い上がるのもええ加減にしぃや。あんた、自分だけががんばってミチノリ大きくした思うてんの？　自分だけが支えてきた思うてんの？　本気でそう思てるならほんまもんのアホや。救いようのないクズや」

　言い返したかったが、はばかられた。妻の両目が潤んでいたからだ。

「あんた、いつだってノリオに支えてもらってきたやん。穏やかなノリオがとなりにおってくれるから、あんたが無鉄砲に好き勝手できてたんやないの。なんでそんなことがわからんのよ」

　感情が昂ったのか、ついには妻は涙をポロポロと溢し始めた。なぜ急にこんな愁嘆場を迎えたのか。今置かれている状況の整理がつかない。

　いずれにせよ、妻の涙を見るなど何年ぶりだろう。とんと記憶になかった。

　ミチオは床に視線を這わせた。何か言わなくては、何か――。

「いや、もちろんノリオに助けてもらった部分がないとはゆわへんよ。まあ、あいつのおかげで上手くいったこともあったかもしれんし。けど、それはなんちゅうか……」

「なんやねんそれ。あんたが誰よりも世話になってきたのはノリオやろ」

「いや、それはちゃうわ」ミチオははっきりかぶりを振った。「それは間違いなくおまえや」

「笑わせんといてよ。それでご機嫌とったつもりなん」

「ちゃうって。おれの本心で、事実やがな」

「じゃあ間違うとる。勘違いや」ピシャリと言われた。「あんたの一番の理解者はあたしやない。ノリオや」

「なんでおれの気持ちを否定すんねん。おれのことなんやから、おれが正解を決めてええやろ」

そう言ったあと、妻は少し逡巡するような素振りを見せ、やがて意を決したように真っ直ぐ夫の顔を見据えた。

そして、

「これ、ノリオには死んでもゆわんでな。死んでもゆわんで、ってあたしがノリオに頼まれとるんやから」

と、わけのわからないことを言った。

「いきなりなんの話や」

「ええからノリオにゆわんでな。わかったら返事」

「…………」

「返事」

「……わかった」

ミチオが応じると、妻は頷き、すーっと息を吸い込んだ。

「あんたがたまにもらっとる手紙、あれ、書いとるのノリオや」

ミチオは眉をひそめた。

「ええと、永遠のミチオファンってやつ?」

「そうや。あの手紙の差出人はノリオや」

意味不明、理解不能だった。

「いや、だってあれは、その……おまえやろ？　書いとるの。おれ、知ってんねんで」

「代筆や。ノリオの送ってきた文面をあたしが代筆して書いとるんや」

「……ウソやろう」

「本当や。三十年前からずっとや」

ミチオは額に手を当てた。意味はわかったが、脳の処理が追いつかない。とてもじゃないが信じられない。

「どうしてあいつがそんなことすんねん」

「あんたが落ち込んどるからやないの。倒れ込みそうになってるあんたを支えるためやないの」

「………」

「自分はネタも作れんし、おもろい企画も思い浮かばん。みっちゃんがおらな、自分はなんもできんから、せめてみっちゃんがおもろいことを思いつくような環境作りをしたらなあかん。ノリオはそうゆうてたんで」

「……なんやねん、それ」

「ノリオにとってあんたは一生の恩人なんやと。いじめられっ子で引っ込み思案やった自分を救ってくれたんはあんたなんやと」

「あいつを救った……おれが？」ミチオは思わず自身を指差していた。

「小学生のとき、あんた、チビでデブやったノリオをイジりまくってたんやろ？　そのおかげでクラスの人気者になれたってゆうてた。コンプレックスは笑いに変えられるんやって、あんたに教えてもらったんやって。あんたのおかげで人生変わったんやって、ノリオはそうゆうてた」

「…………」

「けどあんた、その後ノリオに何回救われてんねん。あんたがつまずいたとき、となりで手を差し伸べてくれてたんはいつだってノリオやんか。必ず起こしてくれる人がおるから、あんたは前だけ見て突っ走れたんやないの」

ミチオは両手で頭を抱え込んだ。

「ほれ、あんたの相方は誰や。はっきりゆうてみい」

4

「ミチオさん。そろそろ出番ですのでご準備をお願いします」

劇場の支配人に言われ、ミチオは「おう」と応え、ネクタイを締めながら一人楽屋を出た。

舞台に向かって狭い廊下を一歩ずつ、歩いてゆく。すでに出番を終えた後輩たちはすれ違うたびに頭を下げてきた。その多くは息子と同い年くらいの若者たちで、彼らはミチノリのネタを舞台袖から見るために残っているのだ。

思えば自分たちもこれくらいの年のとき、先輩たちの芸を一瞬でも見逃すまいと必死だった。いつか必ず売れてやると、毎日が死に物狂いだった。

とりわけノリオは血の滲むような努力をしていた。「何もそこまでせんでええやろ」とミチオが呆れても、「おれはあんたとちがって凡人なんや」と言って、先輩たちの間の取り方やリアクションのさじ加減などを、メモ帳にびっしりと書き込んでいた。それがまたノリオにしか読めないような解読不能な字なので、「これはエジプトの象形文字か」とツッコんでミチオは笑っていた。

なるほど、そうか。ミチオは肩を揺すった。だからあいつ、幸子に代筆を頼んでいたのか。

舞台袖の暗闇の中に見慣れた男の背中があった。相変わらず、縦に小さく、横に大きい。

ミチオはそのとなりにスッと並んだ。

「おいノリオ。今の子どもらはな、背の順で並ばんらしいで」

ふだんミチオから話しかけられることなどないからだろう、闇の中でノリオが訝(いぶか)しんでいるのがわかった。

「体重測定のときはほかの人から見えないようにパーティションで隠されるんやと」

「急になんの話や」

「おまえが今の時代に生まれんでよかったなって話や。誰もおまえで笑ってくれんぞ」

「なんやそれ」

ここでミチオは軽く息を吸い込んだ。

「なあ、おれらのネタで救われとるヤツっておると思うか」

訊くとノリオは少し黙ったのち、「知らん」と答えた。

「そうか」

「けど……」

しばし待ってみたが、ノリオは語を継がなかった。

「おい。けどなんやねん」

じれったくなり、改めて問うた。

「おれは今の時代に生まれとっても、ミチノリのネタに救われてたと思うわ」

ミチオは横目でノリオを捉えた。ノリオはステージから漏れる明かりに目を細めている。

「おれは世のチビとデブの希望の星や」

不覚にも噴き出してしまった。その真剣な表情でその台詞はあかんやろ。胸の中でツッコんだ。

「ほんならおれはハゲの希望の星かい」

「それとブスもや」

「やかましいわい」

ここで前のコンビのネタが終わり、二人が袖にはけてきた。入れ替わりで出囃子が鳴る。

「ほな、いこか」

ミチオが言い、二人同時に足を踏み出した。

眩(まばゆ)い光に吸い込まれるように、ミチオとノリオは同じ歩調で足を繰り出してゆく。

ほんの
気の迷い

自宅に帰ってきて、テレビを点けると、そこにはたまたま自分が映っていた。

人気若手女優とW主演を務めた連続ドラマ『ドSな彼にゾッコン』の第九話の放映だった。

ああ、そうか、今夜オンエアだったのか――。田中勇太は一人納得をし、ソファーに腰を下ろした。足を組み、背をもたせかけ、虚ろな目でテレビ画面を眺める。

若い女性向けの恋愛ドラマで、現在の平均視聴率は十・二%と、テレビ離れの昨今を考えればまずまずの結果といえる。もっとも、回を重ねるごとに少しずつ視聴率は下がっているようなのだが。

――おまえ、おれの女だろ？　だったら黙っておれに守られてろ。

プライベートなら死んでも口にしない、歯が浮いてそのまま抜け落ちてしまいそうな台詞を自分がほざいていた。いくら役を演じているとはいえ、正直しんどい。

本来の自分は至って平凡な、ふつうの二十五歳の男なのだからなおさらだ。

そもそも栗原翔真――勇太の芸名――のキャラクター自体も本来の自分とはかけ離れていた。栗原翔真は口数の少ないクールな男で、これは所属事務所からそのように振る舞うように指示されていた。カメラが回っていようと、いなかろうとだ。

勇太は大口を開けてあくびをし、最後まで見ることなくテレビを消した。キザでクサい芝居をしている自分を見ているのも嫌だし、主演の片割れを務めた女優のことも苦手だった。わがままで気分屋な彼女のせいで、現場で散々な思いをさせられたのだ。何よりも、このドラマのどこがおもしろいのかがまったくわからない。

初めて台本を読んだとき、あまりにご都合主義な展開に愕然（がくぜん）としてしまい、「これ、どうしても自分がやらなきゃまずいですかね？　もし間に合うなら今からでも——」と、勇太は事務所に降板の相談を持ちかけてみた。すると女性のチーフマネージャーの能條（のうじょう）から、「あなた、気はたしか？　無理に決まってるでしょう」と一刀両断されてしまった。

「いい、翔真。このドラマの原作の漫画は若い女の子たちから絶大な支持を得ていて、固定ファンがたくさんいるの。あなたのファン層ともろに被（かぶ）るのよ。だったらこれに出ない選択肢はないでしょう。もちろん翔真の好みに合わないのもわかる。けど今はアイドル俳優と見なされても地盤を固める時期なの。それが栗原翔真の十年後、二十年後を作るの——わかるわね？」

わからなくはないが、納得はできなかった。たとえ規模は小さくとも、重厚な作品に出演し、魂のこもった芝居をすればわかってくれるファンは必ずいるはずで、そういうファンこそ大切にすべきではないか——結局これは口には出せなかったのだが。

ふう、と息を吐き、壁掛けの時計を一瞥（いちべつ）する。二十時に差し掛かっていた。こんな早い時間に自宅にいられるのは奇跡的なことだった。今日はたまたま仕事が巻いてくれたのだ。

心身ともに疲れているので、早くベッドに潜り込みたいところだが、これから今週末にクランクインする主演映画の台本を覚えなきゃならない。

これがまたくだんのドラマ同様、つまらないのでキツかった。あからさまなお涙頂戴の設定と安っぽい台詞のオンパレード、自分はどういうモチベーションで現場に臨めばいいのか。

もっとも、仕事だと割り切るほかないのだろう。今、少しばかり売れているとはいえ、年齢からすれば自分はまだぺーぺーなのだし、となればやりたくないことだってやらなきゃいけない。それに、売れていない時期のことを思えば贅沢過ぎる悩みなのだ。

勇太はそのように己に言い聞かせ、重い台本を開いた——が、やはり気が乗らないため、台詞がまったく頭に入ってこなかった。逆におれは何をしているんだろうと、なんのためにこの世界に身を置いているんだろうと、根源的な思考が脳裡にチラついた。

「ああ、たいぎぃ」つい独り言が漏れた。

広島の田舎町で生まれ、そこらの少年と同じようにして育った勇太が芸能界に足を踏み入れたのは約七年前、高校三年生のときだ。きっかけは卒業前の冬休み、メムノン・スーパーボーイ・コンテストという有名な芸能オーディションに、友人たちと一緒にノリで履歴書を送ったことだった。

結果、勇太だけが書類審査を通り、そのまま二次審査、三次審査を通過し、まさかの最終審査まで残ってしまった。

思いがけない展開に勇太は戸惑った。多少ルックスに自惚れはあったものの、こんなことになるだなんて思ってもみなかった。そもそも記念のつもりで応募しただけだったのだ。

勇太は怖気づき、辞退をしようと思った。すると友人たちから「せっかくここまで残ったんじゃ。ダメでもええけぇ。最後までやってみぃや」と背中を押され、いや、半ば強引に最終審査を受けさせられることとなった。

はたして、グランプリには選ばれなかったものの、勇太は審査員特別賞というものを受賞した。この段になると、おれってすごいのかも、と勇太も多少調子づいた。これほど大きなオーディションで賞をもらえたのだから、芸能界での成功は約束されたようなものだ。勇太は自分の将来が光り輝いて見えた。

そうして予定していた大学受験を取りやめ、一人上京することにした。

だが、予想に反して、三年間は鳴かず飛ばずだった。所属した事務所から栗原翔真なんて立派な芸名を与えてもらったものの、たまにいただける芝居の仕事はエキストラに毛が生えたような役ばかりで、台詞などほとんどなかった。もちろん食えないため、勇太はアルバイトをいくつも掛け持ちして生計を立て、自費でワークショップに通う日々を送った。

勇太がそうした生活に心が折れなかったのは芝居が心底好きになってしまったからだ。板の上に立っているとき、はたまたカメラを向けられているとき、身体の奥底からじわっとアドレナリンが溢れ出す。理屈ではなく、おれの居場所は虚構の世界にあると本能が訴えていた。

転機は思い掛けずやってきた。事務所のとある先輩が不祥事を起こしたことで謹慎となり、彼の決まっていた仕事が急遽勇太に回ってきたのだ。その仕事は映画の端役であったものの、現場で監督に気に入られたことで、その監督の次回作に重要な役で出演することになった。

そしてこの映画が大ヒットしたことで栗原翔真の顔と名前が売れ、名指しでオファーが舞い込むようになった。

そこからは順調に仕事が増えていき、やがて栗原翔真ありきの映画やドラマの企画が持ち込まれるようになった。それらをこなしていく中で、栗原翔真は徐々に世間に知られる存在になった。

自分はツイているのだな、と勇太は思う。自分が売れたのはいくつもの幸運が重なった結果なのだと、謙遜(けんそん)ではなく、本当にそのように思っていた。

もちろん芸を磨く努力もしたし、虎視眈々(こしたんたん)とチャンスを狙ってもいた。だが、自分と同等のルックスと力を持つライバルはごまんといたわけで、その中から自分がこうして脚光を浴びるようになったのは、やはり運によるところが大きい。

ただ、売れたことで問題を抱えるようになった。栗原翔真の名前が一人歩きするようになり、勇太の悩みは着実に増えていった。仕事も、プライベートも――。

今にも閉じそうな瞼(まぶた)をかろうじて開き、台本と睨(にら)めっこしていると、スマホが振動しているのに気づいた。

手に取ってみると、画面には《お姉ちゃん》の文字が映し出されていた。

勇太の中で苦い気持ちが込み上げる。用件が容易に想像できたからだ。

いくつかある悩みの中で、今もっとも大きなものがこれだった。もはや勇太にはどうしたらいいのか、わからないのである。

一つ深呼吸をしてから応答すると、〈もしもし〉と、四つ年の離れた姉の少し鼻に掛かった声が聞こえてきた。

〈お母さん、いよいよおかしいわ〉

やはり母の話題だった。

聞けば、母は家の中のものを手当たり次第に売り払い、金に換えているのだという。

〈お父さんの形見の腕時計まで質屋に持ち込んどるんよ。正直あんなん二束三文(にそくさんもん)にしかならんじゃろ

う。じゃけぇ、お母さんはそうまでしてM会にお布施を——〉

勇太は目を閉じ、額に手を当てて、話を聞いている。

母がM会という新興宗教に入信したのは三年前の暮れ、父が不慮の事故で他界してから数ヶ月後のことだ。

のちにこの事実を知った姉と弟は怒り狂い、すぐに脱会するように母に迫った。ただ、勇太だけは頭ごなしには反対せず、逆に母の肩を持ち、宗教に偏見を持つ姉弟の説得にあたった。

最愛の夫を失い、失意のどん底にいる母が何かにすがることで救われるのならいいではないか。母がコミュニティの中にいることで自分たちも安心できるじゃないか。誰にでも信仰の自由はあるのだし、母が良いものと感じているならそれで——。

これが大きな過ちだったと気づいたときには手遅れだった。

もしあのときに戻れたのなら、自分は首根っこを押さえてでも、母をM会から引き離したことだろう。

——お母さん、頼むから目を醒ましてくれ。

勇太たちは幾度となく、このように訴えてみた。

だが時すでに遅し、母は子どもたちの声にまったく聞く耳を持たなくなっていた。母が従うのはM会の命令だけになっていた。

M会は信者に対して、質素な生活こそが徳を積むことになると諭し、持てる財産を教団に捧げるように要求していた。また、布教活動を強制し、ノルマをこなせなかった者には厳しい制裁を与えていた。

これによって母は親族から煙たがられ、友人を失い、近所の人たちからも後ろ指をさされるようになった。母はＴＰＯを問わず、誰彼構わず入信を勧めてしまうのだ。

〈わたし、お母さんがこのままＭ会をやめんかったら縁を切るけぇ〉

「ウソじゃ。なんじゃ、それ」勇太は驚いて言った。

〈だって相手のご両親に紹介できんもん。もちろん式にだって呼べんし〉

姉は年内中に恋人と結婚する予定なのだと聞かされている。

「だからってそんなん言うまあや」

〈じゃあ結婚が破談になったらあんた責任取ってくれる？　取れんじゃろう〉

「そらほうじゃけど……じゃけぇ、軽々しく縁を切るとか――」

〈軽々しくなんて言うとらんわっ〉いきなり姉が金切り声を上げた。〈真剣に考えて考えて、そうするほかないって決断したんよ。勇太、あんたはええよ。東京におってお母さんと向き合うとらんけぇの。こっちは近くにおるもんだから嫌でも相手をせんといかん。じゃけぇ、わたしの話は右から左でまったく聞いてもらえん。どんだけ、わたしがつらい思いしてきたか、あんたわかる？　もう精神ぼろぼろで、涙も涸れ果てとるんよ〉

「……ごめん」

姉が咳払いをする。〈こっちこそごめん。当てつけみたいなこと言うてもうた。でも勇太、あんたも真剣に考えた方がええよ。あんたは一般人じゃないけぇ、マスコミに知れたらさすがにシャレにならんじゃろ〉

栗原翔真の母親が怪しげな宗教に入信している――たしかに相応の騒ぎになるだろう。

〈話変わるけど、最近、康太から連絡来てる？〉

康太とは自分たちの弟で、勇太とは年子だった。

「ううん。あの一件以来、来とらん。こっちからなんべんか電話してみたけど、あいつ、一切出んわ」

〈あの子も裏で何しよるかわかったもんじゃないけぇ。気ぃつけて見とかんと危ないよ〉

「そんなん言われても、連絡が取れんのじゃけぇ、どうしようもないじゃろ」

弟の康太とは半年前に揉めていた。原因は彼の女性問題だった。

康太は栗原翔真の弟であることを利用して、女性と遊びまくり、さらには彼女たちから多額の借金をしていた。

なぜこれらのことが発覚したのかというと、康太の交際相手の女性の一人が勇太の事務所宛てに、「栗原翔真の弟に心と身体を弄ばれ、貸したお金も返ってこない」と通告をしてきたからだ。

勇太は弟の胸ぐらを掴んで問い詰め、すべての借金を聞き出し、それらを肩代わりして返済し、女性たちとも縁を切らせた。

以来、弟からの連絡はない。

〈わたし的にはあの子に同情の気持ちもあるけどな。あんたらは年子じゃし、顔も似とるもんじゃけぇ、何かと比べられてきたんじゃろ。そこらへん、女のわたしより、あの子の方がよっぽどつらい思いをしとると思うわ〉

これについてはたしかにその通りで、弟に対して申し訳ない気持ちもある。

弟はふつうに暮らしているだけなのに「栗原翔真の劣化版」と周囲に囁かれ続けてきたらしい。

卑屈になるのも無理はないのだ。

「ところでお姉ちゃん、結婚式の日取り、決まったんか」

〈ううん、まだ。年内にはやりたいねって彼と話しよるけど〉

「そう。じゃあ決まったら早めに教えて。じゃないと休みがもらえんから」

〈もらえんって、姉の結婚式だって言ってもダメなん？〉

「急だとむずかしいってこと。現場はおれだけの都合で動いとらんの」

〈そう。スターは大変やね。ま、無理して出席せんでもええよ。あんたがおったら主役が花嫁じゃなくなってまうし。あはは〉

「………」

〈ちいと。冗談よ。わかっとるじゃろ〉

「ああ、ごめん。一瞬、頭が真っ白になってもうた」

〈あんた、大丈夫？　疲れとるんじゃないの。つまらんよ、無理して倒れでもしたら〉

「うん。わかっとる」

〈やめてな。あんたまでおかしなことにならんでよ〉

「大丈夫やって。おれは元気やし、心配要らんよ。忙しいけど、毎日楽しくやってるから」

〈そう。あんたは小さい頃から気ぃ遣いじゃし、人一倍無理する子じゃけえ〉姉のため息が聞こえた。

〈なあ、あんたは今、付き合ってる人おらんの？〉

「おらんけど」

〈お姉ちゃん、別に誰にもしゃべらんよ。だから心配せんでも――〉

「ほんまにおらんのやって」

〈じゃあ、友達はおる？　なんでも話せるような友達〉

「そら、おるよ。友達くらい」

〈そう。ならええね〉

数秒ほど沈黙が流れた。

〈勇太、くれぐれも言うとくけど、これ以上お母さんにお金を渡したらいけんで〉

「わかっとるって。もう二度と渡さん」

勇太は過去に何度か母にせがまれ、金を送っていた。よくないと頭ではわかっていても、母に泣かれてしまうと拒否できなかった。

それから数分ほど他愛（たわい）ない会話をして電話を終え、勇太は達磨（だるま）のように横にばたんと倒れ込んだ。

今日は台本を読むのはやめよう。台詞など頭に入るわけがない。飯も食いたくないし、風呂にも入りたくない。姉と話したことで、もちろん彼女が悪いわけではないのだが、何もかもやる気が失（う）せてしまった。

ため息をつくと、またスマホが震えた。今度は女性のチーフマネージャーの能條だった。勇太はさらに深いため息をついてから応答した。

〈ＬＩＮＥでメッセージ送ったのに中々既読がつかないから電話した。もうすぐドラマが終わるから速攻でツイートして。わかってるだろうけど、キメ顔の自撮りつけて、次週の煽（あお）りも入れてね〉

矢継ぎ早に指示される。

「……わかりました」

〈速攻だからね。鉄は熱いうちに〉

電話が切れた。

また独り言を漏らし、勇太はツイッターのアプリを開いた。まず目に入ったのが通知マークで、それはゆうに百件を超えていた。

「ああ、たいぎぃ」

ファンの存在はありがたいが、正直なところ、最近は感謝の念が薄れてきている。もっと言ってしまえば、構わないでもらいたいと思っている。

そんな薄情な自分が勇太は許せなかった。多くのファンに支えられて今があるのに、そんな人々をうっとうしく思っているのだから、タレントとして、いや、人として最低だろう。

どうして自分はこんな人でなしになってしまったのか。

ファンなくして栗原翔真は成り立たない。なのに自分は——。

勇太は自己嫌悪を振り払い、指を機械的に動かして文章を作った。

《『ドSな彼にゾッコン』の第九話、見てくれた？　物語はいよいよ佳境だね。これからどんな展開になるのか、おれも次週が待ち遠しいよ。じゃあ、ちょっと早いけどおやすみ。みんな、いい夢見てなー》

ツイートマークをタップしようとしたところで、指を止めた。写真を添付していなかったからだ。

勇太は身体を起こし、軽く目を擦（こす）ってから、サッと自撮りをした。すぐさま撮った写真をチェックする。唇を尖（とが）らせ、ウインクをしている自分が妙に気持ち悪く見えた。

ただ、これが正解なのだろう。ファンはこんなものがうれしいのだ。

写真を添付し、改めてツイートした。すると、すぐさま大量のリプライが押し寄せた。

《今週も超カッコよかったです》《翔真しか勝たん》《ウインクやばい。めちゃ可愛い》《翔真くんを推せる幸せを噛みしめて寝まーす》《キモっ。こいつ自撮り好き過ぎだろ》

勇太は最後の批判のメッセージに眉をひそめた。アンチには慣れているとはいえ、なぜかこの瞬間、無性に腹が立った。

「おれだって撮りたくて撮ってるわけじゃねえよ」反論の独り言を吐く。

時折、勇太のツイッターにはこの手の誹謗中傷のメッセージが届いていた。割合でいうと全体の一％にも満たないが、アンチが消えたことはない。

この人たちはいったい、おれの何が気に食わなくて攻撃してくるのだろう。いや、気に食わないのは仕方ないが、なぜわざわざメッセージを送りつけてくるのだろう。その労力がもったいないとは考えないのだろうか。ほとほと理解に苦しむ。

勇太はふと思い立ち、《#ドSな彼にゾッコン》でエゴサーチをしてみた。放送日すら気に掛けていなかったドラマとはいえ、主演を務めた以上、評判が気にならないわけではない。

ヒットしたツイートを順に読み込む。評判は概ね上々のようだった。もっともそれはそれで複雑な気分にさせられるのだが。

そしてここでも、否定的な感想に目が留まった。

《栗原翔真のナルシストぶりが無理。『黙っておれに守られてろ』って何？　イラッとする。#ドSな彼にゾッコン》

舌打ちした。「演じてるだけじゃねえか。台本にそう書いてあんだから仕方ねえだろ」

《この人っていつも芝居がおんなじ。マジ芸がない。#ドSな彼にゾッコン　#栗原翔真　#嫌い》

今度は平手でソファーを叩いた。「同じような役ばっかやらされてるんだよ、こっちは。嫌いならわざわざ見んな」

勇太はツイッターを閉じ、スマホを放って、ソファーを離れた。

やっぱりやめとけばよかった。百個の称賛よりも、一個の誹謗中傷が心に居座ってしまう。ゆえにこれまでエゴサーチをしていい思いをしたことがない。そうとわかっているのに怖いもの見たさでたまにエゴサを掛けてしまうのだから、自分という人間は実に愚かで、度し難い。

キッチンへ行き、冷蔵庫を開けて、中を物色した。するとほぼ空っぽの状態だったので驚いた。あるのはワサビやカラシのチューブくらいで、麦茶の一つも入っていないのだ。

勇太は肩を揺すって自嘲した。貧乏学生の冷蔵庫だってもう少しまともだろう。

棚からコップを取り出し、水道水を注いで喉を潤した。栗原翔真のこんな姿を見たら、世間はどう思うだろうか。

最近では買い物にも行かなくなった。スーパーやコンビニでカゴを持って回っていると、人の目が妙に気になるのだ。帽子を被り、サングラスとマスクをしているので、栗原翔真だとはバレていないだろうが、それでも周囲の視線が気になって仕方ない。

また、出前を取ることも極端に減った。一瞬とはいえ、人がこの家を訪ねてくるのが嫌なのだ。

これに関しても自分がどうしてこうなってしまったのか、勇太は今一つ理由がわからなかった。いつのまにか、気がついたらこうなってしまっていたのだ。

ここで、ぐぅー、と腹が鳴った。

水で胃を刺激したからか、猛烈に空腹を覚えた。先ほどまでまったく腹など減っていなかったというのに。

ああ、そっか、おれ今日なんも食ってないのか――。

今さらながらその事実に気づき、勇太はゾッとした。

なぜなら何も意識せずに飯を食い忘れていたからだ。もちろん減量などしていない。

やはり自分は疲れているのだろう。思えばここ最近、記憶がところどころ抜け落ちてしまうことがある。一日を振り返ったときに、どんなふうに過ごしたのかを思い出せないのだ。

いずれにせよ、腹が減った以上、何かしら口にしなければ……勇太は外出の身支度を始めた。上下スエットを着て、帽子を被り、マスクとサングラスをつけた。

ところが玄関までやってきて、やっぱりやめようと思い直した。急におもてに出るのが億劫に感じられてしまったのだ。空腹と天秤に掛けても、今は家にいたい。

勇太は被ったばかりの帽子を取り、マスクとサングラスを外した。リビングへ行き、倒れ込むようにしてソファーにダイブする。

おれは何をしているんだろうと、滑稽な行動を取った自分にまた笑えてきた。

ソファーテーブルに手を伸ばし、部屋の電気のリモコンを摑んだ。消灯し、目を閉じる。今夜はこのまま眠ってしまおう。

だが眠れなかった。眠気はあるのだが、睡魔は意識の周辺をぐるぐるとするだけで、その距離を縮めてきてはくれない。

薄目を開き、闇の中に目を凝らして壁掛けの時計を見る。まだ十一時にもなっていなかった。眠気はあれども、ふだんこんな時間に寝ていないから寝られないのだろう。

ため息をついて、身体を起こした。

仕方なくテレビを点けた。だが、一瞬で消した。嫌いなタレントの顔が映ったからだ。

彼とは同世代で、一時期プライベートでも親しくしていたのだが、付き合っていく中で徐々にその人間性を知り、ひっそりと縁を切ることにした。彼が人と付き合う基準はその人物が売れているか否(いな)か、それだけなのだ。ついこの間まで親友だとかテレビで話していたくせに、その人物が落ち目になった途端、平然と切り捨てる——そういう一面を目(ま)の当たりにして関わり合うのはやめようと思った。

もっともこの男に限らず、芸能界にはそんなヤツらがごまんといる。タレントにもスタッフにもだ。売れているときはいい。そうでなくなったとき、彼らは態度を豹変(ひょうへん)させる。

ただ、それもふつうのことなのかもしれない。それが芸能界という世界なのかもしれない。

きっと自分が大人になりきれないだけなのだろう。純というより、青臭く、幼いのだ。損得勘定を以(もっ)て利害関係を築くのが大人であり、まともな社会人なのだから。

——あんた、友達おる?

ふいに姉の声が脳内で再生された。

本当はいなかった。勇太はここ数年で親しくしていた友人をすべて失っていた。

上京してからできた、同じ志を持つ役者友達はみな、栗原翔真が頭角を現し始めると次第に態度がよそよそしくなった。彼らは一人だけ圧倒的に売れてしまった仲間に対し、どう接していいか戸惑っているようであった。

もっとも疎遠のダメ押しをしたのは自分だった。久しぶりに飲み会に招かれ参加したところ、そこはよくみんなで通っていた大衆居酒屋だったのだが、周囲の客が勇太――栗原翔真――の存在に気づき、黄色い声で騒ぎ立てたのだ。声を掛けてくる者、写真撮影を求めてくる者、遠くからずっとスマホを向けてくる者、とても落ち着いて話をできるような状況じゃなかった。

そこで勇太は店を替えようと友人たちに申し出た。勇太が連れて行ったのは芸能人御用達の隠れ家的な個室レストランだった。友人たちが金の心配をしていたので、勇太はみなを安心させるつもりで、「ここはおれが払うから」と伝えたのだがこれがよくなかった。勇太としては、自分がみなに迷惑を掛けたのだからそのお詫びのつもりだったのだが、彼らはそうと受け取らなかったのだろう。結局その飲み会はぎこちない会話に終始し、以降、勇太が誘われることはなくなった。

地元の広島の友人たちはこれとは逆のパターンで連絡を取らなくなった。去年の年末、久しぶりに帰省したところ、彼らは勇太を田中勇太としてではなく、栗原翔真として迎えた。きっと茶化す気持ちもあったと思うのだが、彼らは勇太を「翔真」と呼んだのだ。これが思いのほかショックだった。

結局、昔のような関係には戻れないのだと悟り、勇太は一抹の寂しさと共に東京に戻った。

ただ、それもこれもすべて、自分に原因があるのかもしれない。気づかぬところでおれ自身が芸能人を気取っているのかもしれない。きっと少しずつ少しずつ、田中勇太は栗原翔真に侵食されていっているのだろう。

――大丈夫よ。あなたはあなたのままだから。

そんなふうに言って、抱きしめてくれる女性がいたこともある。彼女は五つ年上のグラビアアイドルで、知人の紹介で知り合い、積極的なアプローチを受けて交際を始めた。

だが、これが週刊誌にすっぱ抜かれてしまい、勇太は事務所から大目玉を食らい、即刻別れるように迫られた。

　もちろん勇太は反発した。後にも先にも勇太が事務所に対し、指示に従わなかったのはこのときだけだ。

　すると勇太の事務所は、彼女が所属していた事務所に対し、二度とうちのタレントに近づいてくれるなと圧力を掛けた。

　勇太は迷惑を掛けたことを詫び、「絶対に別れないから。おれが必ず守るから」と愛する女性に誓った。だがのちに、彼女自身が勇太との交際を週刊誌に売ったことが判明した。

　勇太は髪を荒々しく掻きむしったあと、時計に目をやった。十一時半を過ぎたところだった。

　眠れないなら何かせねば、何か――。

　本でも読むか……いや、ダメだ。台本すら頭に入らないというのに。

　ならば身体を動かしてみようか。我が家には筋トレ器具が山ほどあるのだから。

　いや、これもちがうな。脳が覚醒してさらに眠れなくなってしまうだろう。朝まで一睡もできず、目の下に隈なんて作ったら洒落にならない。明日は男性用化粧品の広告の撮影があるのだ。スチールはまだしもムービーは誤魔化しが利かない。

　やはり飯だ。腹が減っているから眠れないのだ。勇太はバッと起き上がり、足早に玄関へ向かった。サンダルを突っ掛け、ドアノブを握る。

　だが、そこでピタッと手が止まった。

　またしても億劫な感情が込み上げたのだ。いや、億劫というよりも拒絶反応に近かった。

　なぜなのか、どうしてもおもてに出る気になれない。この扉の向こうに恐ろしいことがたくさん待ち受けているような気がしてならない。

勇太は額に手を当て、床に目を落とした。なぜこんなふうに思うのか。意味がわからない。いったい全体、自分はどうしたというのか。

肩を落としてリビングに戻った。再びソファーに寝そべり、電気を消した。暗くしていればそのうち眠れるはずだ。大丈夫。大丈夫。そう言い聞かせる。

瞼を閉じ、羊が一匹、二匹と数える。七匹でやめた。数えることも煩わしかった。

「ああ、たいぎぃ」闇の中、本日三回目の台詞が漏れた。

だが直後、天啓が舞い降りたように、勇太の中でポンと妙案が跳ねた。

カッと目を開け、電気を点ける。立ち上がり、クローゼットの中からネクタイを取り出した。今週末にクランクインが迫っている映画はエリートサラリーマンの役で、ネクタイを結ぶシーンがあるのでその練習をしようと思ったのだ。

もちろんネクタイは結べるのだが、ふだんしていないため、手慣れていない感じが出てしまうことだろう。だとしたら練習しておかねばならない。

勇太は鏡台の前に陣取り、ネクタイの着脱を繰り返した。

うーん、どうも結び目が綺麗(きれい)に仕上がらない。何度やっても歪(いびつ)な形になってしまう。こんなものだろうか。いや、スタイリストがスーツを着せてくれるときはもっとピシッと決まっている。結び方は同じはずなので、だとすれば何かコツがあるのだろう。

しばらく夢中で繰り返していると、次第に上手(うま)くなってきた。

勇太は自身の小さな成長にうれしくなった。やはり努力は裏切らないのだ。

「はは」勇太は声に出して笑った。

そのとき、ふいに手の甲に一雫の水が付着した。

――？

鏡の中の自分を見て、勇太は驚き、固まった。自分が泣いていたからだ。口元は笑んでいるのに、目からは涙が溢れている。

なんだこれ――。

どうして自分は泣いているのか。ネクタイが上手く結べたことのよろこびだろうか。何をバカな。そんなわけがないだろう。では悲しんでいるのだろうか？　いいや、これもちがう。そもそも手を動かすことに夢中で、それ以外に何も考えていなかったのだ。

涙は次から次へと頬を伝い、顎先から下に垂れ落ちている。

ぽたぽた、ぽたぽた――。

この状況に勇太は狼狽した。自分という人間が誰かに操られているかのように思った。

そう思ったら徐々に呼吸が荒くなってきた。はあ、はあ、と肩で息をする。胸に手を当てた。心臓を鷲摑みにするようにきつく爪を立てる。息苦しい。なんなんだこれは。呼吸の仕方がわからない。過呼吸というやつだろうか。

改めて鏡を見る。自分の顔は茹でダコのように真っ赤だった。額には玉の汗がいくつも浮いていた。

次第に意識が朦朧としてきた。脳に酸素が行き渡っていないのだ。

おれは死ぬのだろうか。真剣にそう思った。だが勇太の中に湧いた感情は抗いよりも静かな諦念だった。

やがて勇太は意識を失った。

いつしか夢が始まった。内容は支離滅裂だった。

少し離れた先に白い靄が立ち込めており、その中に家族がいた。母と姉と弟は勇太に手を振っていた。父だけは手招きしていた。

勇太はどうしていいかわからず、その場で立ち尽くしている。どうにか声を発したいが、発する方法がわからない。

そんな勇太のすぐ横を友人たちが次々と横切っていく。広島の友人もいたし、芸能界の友人もいた。

いや、かつての友人たちだ。

彼らは勇太に一瞥もくれなかった。こちらの姿が見えていないかのように素通りしていってしまう。

おい。おいってば――。やはり声にはならない。

絶望する勇太のもとに今度は大勢の人が駆けつけてきた。あれよあれよという間に取り囲まれる。

彼らはみんなのっぺらぼうだった。いや、正確には口だけはついていた。

彼らは自分に向かって何かを叫んでいた。彼らには自分の姿が見えているのだということにホッとした。

耳を澄ませる。だが声は聞き取れない。それでもなんとなく応援されているのだとわかった。

がんばれ、がんばれ、がんばれ――。

いったい何をがんばればいいのか。そもそもこの人たちは何者なのだろう。

ああ、そうか。この人たちはファンなのか。田中勇太のではなく、栗原翔真の――。

ここで目が覚めた。薄目を開く。白い天井が見えた。ここは我が家……のようだ。

どうやら自分は生きているらしい。勇太はそのことに安堵し、小さな落胆を覚えた。

横目で時計を見る。深夜二時を回っていた。ということは自分は二時間以上、気絶していたことになる。

勇太は力を振り絞り、身体を捻って横に転がった。つづいて芋虫のように身体をくねらせ、もそもそと前進した。

そうしてソファーの前のローテーブルの上に置かれているスマホを手に取った。

救急車を呼ぼうと思った。このままだと夜が明けるまでもたない気がした。かろうじて残っている生存本能がそう訴えていた。

人差し指で1、1、9と数字マークをタップする。だがここで指が止まった。

おれなんかのために救急車を出動させていいのだろうか。

おれなんかのために。

なぜだかそんな思いに囚われた。

結局、勇太は電話を掛けた。ただし、チーフマネージャーの能條にだ。

プルル、プルルとコール音が鳴る。そのたびに勇太の心音が少しずつ駆け足になる。

いったい、おれは何を言うつもりなのだろう。この先の自分の行動が読めない。感情がとっ散らかっていて、どれを手繰り寄せればいいのかわからない。

〈もしもし〉能條のくぐもった声が聞こえた。

「こ、こんな……夜更けに……で、電話をしてしまい……」

勇太は唇を震わせ、途切れ途切れにしゃべった。上手いこと声が発せないのだ。

〈どうしたのよ。あなた大丈夫？　具合悪いの？〉

「……だ、大丈夫、です」

〈全然大丈夫そうじゃないけど。で、どうしたの〉

「あ、あの……その……」

スマホを持つ手が震えた。

「し、しばらく仕事を……」

ここでかぶりを振った。

「や、やっぱり、なんでも……ありません」

長い沈黙が訪れた。能條の微かな息遣いだけが聞こえている。

勇太はごくりと唾を飲み込んだ。

〈翔真、もしかして酔っ払ってる？〉

「い、いいえ……お酒なんて」

〈そう。じゃあ、ちゃんと話をして。なんでもないことないでしょう〉

息を吸う。するとおくびが込み上げた。胸が詰まり、息を吐き出せない。一生懸命に唇を動かしてみるが、言葉が出てこない。

〈翔真、落ち着いて。ほら、深呼吸〉

能條の指示に従い、深呼吸を繰り返した。

おくびがやや治まったところで、勇太は再び話し始めた。

「じ、自分……ちょ、ちょっとだけ、疲れてしまって……け、結構、その、限界かもしれなくて……」

〈そっか。わかった。じゃあ、しばらく仕事を休もうか。一ヶ月でも、二ヶ月でも〉

予期せぬ二つ返事に勇太は驚いた。

〈最近のあなた、少しおかしかったもの。話していてもどこか上の空だったし、平気って訊けば平気って答えるけど、その顔が全然平気そうじゃなかったし。さすがにこっちだって察するわよ。あなたみたいなタイプは言うとよけいに気にするだろうから、あまりしつこく言わなかったんだけどね〉

「……あ、あの、次の映画は？」

主演の自分がいなければ現場は成り立たない。今さらながらそのことに思いが至り、恐怖を覚えた。

〈いいの、あなたはそんなこと心配しなくて。こっちでなんとかするから大丈夫。あなたはそういうことを気にし過ぎるから疲れちゃうの。まあ、真面目なのがあなたのいいところだけどね〉

「しゃ、社長には……」

この映画は社長案件なのだ。そういえば明日の広告撮影も社長が一枚嚙んでいると聞かされている。

〈だから大丈夫。社長にはわたしが今から電話して伝えとくから。あの人、どうせまだ起きてるだろうし〉

「……す、すみません」

〈謝らなくていい。むしろこっちの方がごめんなさい。正直、翔真がそこまで追い詰められてるとは思ってなかった。マネージャー失格ね。わたし自身、あなたに甘えているところがあったんだと思う。そこはしっかりと反省する。翔真、タレントは心と身体が資本だからね。今は静養しよう〉

勇太は目頭が熱くなった。能條にこんなふうに言ってもらえるとは思っていなかった。

〈翔真、もう寝なさい。それと明日少しだけ、あなたのお家にお邪魔させて。少し顔を見たらすぐ帰るから。それじゃあ、おやすみ〉

電話が切れた。

勇太は胸を撫で下ろした。なんだか肩の荷が下りた気がした。大げさにいえば呪縛から解放されたような気分だった。

だが、その時間は長くはつづかなかった。

今度は電話が掛かってきたのだ。

知らない番号だった。勇太の全身が一気に強張る。

誰だろうか、こんな時間に。

これは出た方がいいのだろうか。いや、出ない方がいい。

だがその思いとは裏腹に勇太は応答してしまった。

〈能條から話は聞いたよ〉

久しぶりに聞く声だった。相手は事務所の社長だった。ついこの間、七十歳になったばかりの男性社長で、小柄で、いつもニコニコとしていて、口調も穏やかなのだが、どこか相手に緊張を与える人物だった。

もっとも勇太はこれまで社長と話をしたことはほとんどない。

〈能條からはくれぐれもきみをそっとしといてあげてくれって言われたんだけどもね、どうしてもぼくから伝えたいことがあってね〉

「……はい」

〈能條、泣いてたなあ。きみに無理をさせてしまったって。全部自分の責任ですって〉

　スマホを持つ手が震えた。

〈いけないよ。スタッフを泣かせたら〉

「………」

〈わかってるとは思うけど、この仕事はきみ一人でやってるわけじゃないんだから。みんなでやってるんだから。勘違いをしたらダメだよ〉

「……はい」

〈若いときの苦労は買ってでもしなさい。少しばかりつらくなったからって簡単に仕事を放り出したらダメだ〉

「……はい」

〈きみ、栗原翔真でいったい何人の社員がご飯を食べてると思う？　きみが休むということはきみの後ろにいる大勢の社員を路頭に迷わすことになるわけだ。きみはそういうことも深く考えて、休ませてほしいと言ったのかな〉

　唾を飲み込んだ。

〈どうなの？〉

「……じ、自分なりに、い、いろいろ考えて、そ、それで……」

〈そう。きみなりにきちんと考えたの。それなら仕方ない〉

「……も、申し訳ありません」

〈さて、能條たちはきみのために明日から謝罪行脚（あんぎゃ）だ〉

「………」

〈では、存分に休みなさい〉

電話が切れた。

手からスマホが滑り落ちる。床に落ちたスマホを勇太は虚ろな目で見下ろした。

しばらくそのままの状態で硬直していた。放心していた。何も考えられない。

ふいに、

「……お母さん」

言葉がぽろりとこぼれた。

なんだか無性に母の声が聞きたくなった。

スマホに手を伸ばす。電話帳から母を探した。

震えた人差し指を発信マークに持っていく。

だが結局、触れられなかった。

勇太は吐息を漏らして電話帳を閉じ、代わりにツイッターのアプリにタップした。

《生理的に受け付けない。消えてほしい。 #栗原翔真 #嫌い》

飛び込んできた画面がこれだった。エゴサーチを掛けたわけではない。タイムライン上にたまたま流れてきたのがこれだった。

するとここで突然、視界がぐにゃりと歪(ゆが)んだ。

度の合わない眼鏡を掛けたかのように、視界がぼやけて、焦点が定まらない。

再び動悸(どうき)が始まった。ドクドクドクドクと心臓が高速で脈を打っている。

勇太は息苦しくなり、気道を確保するために喉に手を当てた。すると指先に何かが触れた。

ネクタイだった。そうか、自分はずっとネクタイをしたままだったのか。

指を引っ掛け、左右に揺さぶってネクタイを外した。

そのとき、勇太の中でよからぬ考えが頭をもたげた。

直後、動悸が治まった。視界も正常に戻った。今し方の動揺から一転して、風のない湖面のような心境になった。

手の中のネクタイに目を落とし、しばし逡巡（しゅんじゅん）する。

ダメだ。そんなこと、よくない。絶対によくない――。

勇太はゆっくりとかぶりを振った。

だが、その手は再びネクタイを、きつく、きつく締めていた。

娘は女優

1

初夏の日差しが降り注ぐ昼下がり、店に古びた自転車が持ち込まれた。センタースタンドを立てて、手でペダルを回してみると、見た目通りの軋み音が鳴った。チェーンはだるだるに伸びきっているし、サビもひどい。

「どうだい？　直せっがい」

と、横から覗き込んできたのは近所に住む老夫だ。このオンボロの持ち主である。

「まあ、マシにすっことはできっけど。本当にその程度でいいんなら」

店主である村田幹一が顔をしかめてそう答えると、老夫は「ああ、構わね。構わね」と頷いた。

「しつこいようだけど新しいのを買った方がいいんでね。ほら、あの電動のヤツなんか、坂道でもへっちゃらさ」

幹一は店頭に並べてある電動アシスト自転車を指差して言った。だが老夫は、「いんや、高えもん」と手を振り、「それに、実はこいづはよ――」と遠い目をこしらえた。

この自転車は東日本大震災のときに津波にさらわれ、三陸の海の底に沈んでいたのだという。それがのちにサルベージされ、防犯登録番号から主であるこの老夫のもとに戻ってきたのだそうだ。

「とりたてて愛着もながったんだけども、帰ってきてくれたらうれしくてよ。それ以来、大事に乗ってんだ」

こんな話を聞かされたらがんばらないわけにはいかない。幹一はツナギの腕を捲り上げ、このオンボロの蘇生作業に取り掛かった。

ここ村田サイクルは幹一の父が昭和中期に開業し、以来、三陸沿岸の小さな町で細々と営んできた。自宅が職場だったこともあり、幹一は門前の小僧の要領で仕事を覚え、中学生になる頃には一人で店番を任せられるようになり、ちょっとした修理ならこなせるようになっていた。もっとも幹一に家業を継ぐ気はさらさらなかった。子どもながらに自転車屋の未来が明るいとは思えなかったのである。

ところが十三年前、父が床に臥したことをきっかけに、当時勤めていた商事会社を辞め、地元に帰ってきた。両親は孝行息子と喜んでいたが、実のところそういう理由ではなかった。

幹一は生まれたばかりの娘と片時も離れたくなかったのである。

幹一が結婚したのは二十年前、三十六歳のときで、相手は五つ年下の結子だった。だが一向に子宝に恵まれず、互いにあきらめかけていた頃に、神様が同情をしたのか、コウノトリを寄越してくれた。幹一が四十二歳のときだ。

生まれてきた娘を抱いたとき、幹一は過呼吸になるほど号泣してしまい、「ほらお父さん、息吸ってー、吐いてー」と妊婦さながら看護師にからかわれた。

子育てが始まってからというもの、幹一は毎日が幸せでならなかった。目に入れても痛くない。それを身をもって実感した。

一分一秒でも長く、娘と一緒に過ごしたい。なんだったら主夫になってもいい。そういう願いから実家に戻り、家業を継ぐことにしたのである。

しかしこれは、最悪の決断だった——。

「あんれ、幹一くん、なして泣いでらの」

ふいに老夫が言い、幹一は慌てて涙を拭った。

「なんだなんだ。よほどおれの話さ感動したげえ」老夫はそう言って笑った。だが、すぐに笑みを消し、「ああ、そっが。すまねえ」と詫びた。

幹一の涙の理由に思い至ったのだろう。

今から十一年前、二〇一一年三月十一日、東北の大地は前触れもなく暴れ出した。そして悪魔のような大波がこの町を襲った。

妻と両親は帰らぬ人となった。幹一は当時のことをあまり覚えていない。未だにきちんと思い出せない。悲しみに暮れたのもだいぶあとになってからだ。

「ところで、今日は皆愛ちゃんはどうした？　まだ学校がい」

「ああ。今日はちょっと出掛けてんだ」

「ほう。どごさ」

「いや、それがその……ちょっくら東京の方に」

十四歳になる娘の皆愛は本日、中学校を休んで一人で上京していた。とあるドラマのオーディションを受けるように、所属している芸能プロダクションのマネージャーから指令を受けたからだ。

皆愛がスカウトされたのはおよそ二ヶ月前、中学校の修学旅行で東京に行ったときだった。娘は若者が闊歩する竹下通りという道を友人たちと歩いていたところ、長い金髪を後ろで結った胡散臭い男から「芸能界に興味ない？」と声を掛けられたのだ。都会の子どもならきっと警戒して無視をするのだろう。だが、田舎者の皆愛にはそれができなかった。

疑うことを知らない皆愛は相手に求められるがまま、自宅の連絡先と住所を教え、会社の名刺をもらって帰ってきた。

幹一はもちろん取り合わなかったし、皆愛も「うち、きっとからかわれたんだべ」と笑っていた。当然、こちらから連絡はしなかった。

だが、翌日あちらから電話が掛かってきた。柊木と名乗ったマネージャーは、皆愛がスターの原石だとか、芸能界を背負って立つ女優になるだとか、噴飯ものの戯言を並べ立てた。最初は幹一も「またまた」と笑っていたのだが、相手があまりにしつこいので腹が立ち、「二度とうちに電話をせんでください」と言い放って電話を切った。

するとその翌日、我が家の前に柊木が手土産を持って立っていた。わざわざ遠方からやってきた人を門前払いするわけにもいかず、仕方なく家の中に通して膝を突き合わせた。

「お父さん、ご安心ください。交通費などの経費はすべてこちらで負担致します。東京での移動もすべて自分が同行しますから、危険な目に遭遇することもありません」

「ですから、自分らはそういう心配をしてるわけじゃなくて……」

柊木があまりに勝手に話を進めるので、幹一も皆愛も呆気に取られるばかりだった。

「すみませんが、もうあきらめて帰ってください」

「いいえ、あきらめません」

何度言ってもこうなのだ。

「どうしてよ。こっちはやりたくないって言ってるじゃない。あんた、ちょっとおかしいんじゃないか」

「ええ。おかしいです」と柊木は白い歯をこぼした。「それだけの逸材なんですよ、娘さんは」

「うちの皆愛が？」

「ええ。彼女の存在がこの国に光を灯し、多くの人を救うのです」

幹一は鼻白んだ。こんな言葉を鵜呑みにする親がどこにいるというのか。

もちろん幹一にとって皆愛は世界で一番可愛い娘だ。日々、皆愛の笑顔に救われているし、彼女の存在がすべてといってもまったく過言ではない。

ただそれは我が娘だからであって、人様にとってはそこいらにいる女の子となんら変わりがないこともわかっている。自分は自他共に認める親馬鹿だが、さすがにそんな戯言を真に受けるほど愚かじゃない。

だが結局、幹一は契約書にサインをしてしまった。皆愛が突然、「うち、やってみよっかな」と言い出したからだ。

当然反対したし、「おまえは騙されてる」「東京は恐ろしいところだ」と、いろんな言葉を用いて説得を試みたのだが、まだ右も左もわからない世間知らずの少女は、柊木の熱に浮かされてしまっていた。本来聞き分けのいい子なのだが、このときはどういうわけか、妙に頑なだった。

もっとも保護者の同意が絶対条件とのことなので、幹一が断固拒否すれば済む話だったのだが、それはそれで娘との間に遺恨を残すことになりそうで、であればここは一旦退き、寛容な姿勢を見せた方が得策と判断し、しぶしぶサインに至ったというわけなのである。

きっとすぐに現実を思い知り、自らやめたいと言い出すだろう。そして何年か経ったあとに、そんなこともあったねと笑い話になる――そう思っていた。

「いやあ、しかしまいった。まさか皆愛ちゃんがスターになっちまうだなんてよ。おれも鼻が高えよ」

上機嫌で焼酎のグラスを傾けているのは、地元で床屋を営む飯島浩志だ。彼は幹一の幼なじみで、もっとも親しい友人だった。

二人は行きつけのスナック『ルージュ』のカウンターで肩を並べている。

「何がスターだよ。まだカタログに載った程度だ。それもこーんな小さく」

幹一は指で大きさを表して言った。

先月、皆愛は初めて東京で仕事をした。それは女子小中学生向けのファッションカタログで、その中の一ページに我が娘がちょこっと掲載されたのである。

「それだってすげえことでねえか。誰にだってできることじゃねんだから――なあ、ママ」

水を向けられた厚化粧のママは、「そうよ。あたしにはそんな話降ってこないもの」と手を動かしたまま言った。

「そりゃそうだろうよ」と幹一が鼻を鳴らす。

「あら失礼ね。これでも昔は雪国の小町娘で通ってたんだかんね」

「五十年前の話だろう」

「四十年前です」

「どっちだっていい」

幹一は話を断ち切るように酒を呷り、荒い息を吐いた。

「どうしたんだよ、カンちゃん。何がそんなに気に食わねえんだよ」

「別に気に食わねえわけじゃ——」幹一は言葉を区切り、下唇を嚙んだ。「いや、やっぱ気に食わねえ」

「どうしてさ」

「だって皆愛はまだ中学生なんだぞ。平日に学校を休めば勉強だって周りに置いてかれるし、部活動だってできなくなるだろう」

最初は休日限定の活動のはずだった。少なくとも口約束ではそうだった。それが最近では平日にも、やれオーディションだ、やれレッスンだ、と理由をつけて上京するように柊木は求めてくる。

幹一は毎回断ろうとするものの、そのたびに皆愛から、「行かせて。一生のお願いだから」と泣きつかれてしまい、しぶしぶ承諾してしまっているという状況だった。娘はこの半年間で何回「一生のお願い」を使ったかわからない。

「勉強なんてどうだっていいでねえか。読み書きさえできりゃ生きていくのに困らねえんだし。バスケットだってプロになるつもりなんてねえんだろ」

「そんな他所んちの娘だと思って」

「バカ言ってんでねえ。こっちは何万回、皆愛ちゃんの髪を切ってきてると思ってんだ。皆愛ちゃんはおれにとっても娘みたいなもんさ——なあ、ママにとってもそうだろう」

「もちろん。おばちゃんお腹空いたって店に来りゃあ、おにぎりを握ったり、焼きうどんを作ったりさ。そういえば幼稚園のときのお遊戯会の親子ダンスも、ぎっくり腰になった誰かさんの代わりに一緒に踊ったっけね」

たしかに彼らの言う通りで、皆愛はこの二人に大いに世話になっていた。

彼らに限らず、地元の人たちはみんな、娘に構ってくれる。とことん親切にしてくれる。その理由は考えるまでもない。

「ママ、灰皿ちょうだい」

幹一は煙草に火を点けた。おもてで酒を飲むときだけ、煙草を吸っていい。これは亡き妻から課せられたルールで、今もずっと守っている。

「がんばってる娘の応援をしてやんのが正しい親父の姿だとおれは思うけどね」

飯島も煙草を取り出して咥えた。

「うん。あたしもそう思う」

「じゃあ、ヒロくんとママは、うちの皆愛が本当に芸能の仕事で将来食ってけると思うか？　路頭に迷うことはないと思うか？」

そう訊くと、二人は「そりゃ先のことはわからねえけども」とトーンを落とした。

「ほれ、見ろ。そうなるべや」幹一は煙草の煙を吐きかけて言った。「芸能界がどういうとこか知らねえけども、おれが思うに皆愛みたいな卵はわんさかいるんだ。売れるのなんてその中の一握りだろうよ。あとの人はみんな苦労して、大変な思いをしてるに決まってる。潰しの利かねえ商売だけに往生したときが悲惨だぞ」

幹一がもっとも危惧しているのはそれだ。変に芸能界に片足を突っ込んでしまったばかりに抜けられず、しがみついた結果、なんの取り柄もない、誰にも求められない大人になってしまうことが怖いのだ。

女だから嫁に行ってしまえばいいなんて甘い考えはない。男女平等の世なのだから、女だって社会で通用するスキルを身につけなくてはならないのだ。

「そったらことを言ったら、どんな生き方だって保証なんてねえべさ」

「芸能人を目指すよりはあんべや」幹一は自分でグラスに焼酎を注ぎ足した。「おれは皆愛に堅実な人生を歩んでほしいんだ。それこそヒロくんとこの茉美ちゃんみたいによ」

茉美とは三十歳になる飯島の娘である。茉美は仙台の大学を出たあと、地方銀行に就職し、その後結婚して二人の子どもを産み、今もなお仕事をつづけていた。

ちなみに幹一の同級生の子どもは大体、茉美くらいの年齢だ。十代の子を持つ同世代は幹一の知る限りこの町にはいない。

「本人は仕事を辞めたい辞めたいって散々こぼしてっけどな」

飯島が天井に向けて煙を吐いて言った。

「え、そうなのか」

「うん。職場の人間関係がよくないようでさ、出勤するのが苦痛で仕方ねえんだと。若えくせして毎日胃薬を飲んでるくらいだ」

「そんなだったら辞めた方がいいんでねえの」

「おれだって何度もそう言ったさ。けど、辞めたくても辞めらんねえって。今さら転職も厳しいし、旦那の給料だけで食ってけねえから専業主婦にもなれねえしってさ。そう言われちまうとお手上げだ」

飯島はため息と共に煙を吐き出したあと、煙草を灰皿に押し潰した。

「結局よ、どんな人生を歩もうが人は苦労するようにできてんだ。だったら好きなことを好きなようにやらせてやってもいいんでねえの。金が掛かるわけでもねんだし」

「それが本当に、心底好きなことだったらいいさ。けど、皆愛はそうじゃねえから。今は熱に浮かされてるだけで、もしかすっとテレビに出られっかもとか、本人はその程度の思いしかねえわけよ」

「その程度の思いしかない子が一人で新幹線に乗らんでしょうよ」ママが眉を八の字にする。「あの子は真剣だと思うよ」

「そりゃふざけてはいねえだろうけど、真剣かって言われるとそこは疑問さ。だって、たまたま声を掛けられただけなんだから。そんな降って湧いたような出来事をきっかけに夢を語られてもねえ。だいいち皆愛は小学校の卒業文集で、将来は看護師さんになりたいって書いてたんだぞ」

幹一がそう言うと、飯島とママは顔を見合わせ、くすくすと笑った。

「なんだよ。二人して」

「別に」と飯島が肩をすくめる。「とりあえず、もう少し見守ってやれよ。今、強制的に辞めさせたら一生皆愛ちゃんに恨まれるぞ」

「わかってるよ。だから困ってんだこっちは」幹一はため息を漏らし、酒を呷った。「早いところ飽きてもらわねえと」

それから一時間後、幹一は千鳥足で店を出た。ふだんの倍の量を飲んでいた。

2

　厳しい残暑も過ぎ去り、山々が紅葉に燃えてもまだ皆愛の熱はつづいていた。部屋にこもって一日に何本もの映画を見たり、台本を読み耽ったりしているのだ。これらはすべて柊木の指示によるもので、上京してレッスンを受けられる機会は限られているから、独学で芝居の勉強をしろということらしい。

　そんな無茶な、と幹一は思うのだが、皆愛は「やれることをやらねえと」と殊勝な態度で日々を過ごしていた。

　もっとも幹一はおもしろくなかった。ふつうの子と同じように過ごしてほしいのだ。

「結子、これはどうしたもんかなあ」

　仏壇の前であぐらを掻き、遺影に向かって話しかけた。写真の中の妻は優しく微笑んでいる。

　最近、皆愛は妻にぐっと似てきた。もとから母親似だったが、より近づいてきていた。たまにこちらがハッとしてしまうほどだ。

「おまえに似ちまったばかりに、こんなことになっちまったんだぞ」

　本当にそうだ。もし自分の遺伝子の方が色濃く出ていたなら柊木の目に留まることもなかっただろう。

　親の贔屓目なしに見ても、皆愛の顔立ちは整っていると思う。ただ、特別な美人でもない。柊木に言わせると、「そこがいいんですよ」とのことなのだが、幹一にはよくわからない。愛嬌たっぷりなのはまちがいないが。

「幹一さーん。いるかーい」

店の方から知った声が上がり、幹一は腰を上げた。マルヤマ写真館の主人の丸山だった。彼は二つ年下の後輩にあたり、幹一同様、会社員として勤めたのちに地元に帰ってきて、親のあとを継いだ口である。

サンダルを突っ掛けて店に出ると、「昨日はごめんね。うちのバカ息子が失礼なことを言っちまってさ」と、丸山が頭を掻きながら詫びてきた。

昨日、地元青年団による集会が公民館ホールで開かれ、多くの町民に参加してほしいという前触れがあったので出席したのだが、そこでリーダーを務める丸山の息子の雄介と、ちょっとした口論を繰り広げてしまったのだ。

議題は約半年後に控える東日本大震災の慰霊祭の件で、これについて実行委員を担う青年団は、来年は例年と趣向を変え、縁日のような形でにぎやかにやりたいと言い出したのである。

これまでも参列者には餅や甘酒などを配ったりしていたが、今回は出店を募り、露店をたくさん並べ、他所の人にも足を運んでもらえるようにしたいのだそうだ。要するに慰霊祭を営利イベントにするということである。

これに異を唱えたのが幹一だった。慰霊祭は慎ましく厳かに行われるべきで、お祭り騒ぎなんかにしてほしくない。そもそも震災と無関係の人に来てほしくない。

そう主張すると、雄介から「村田のおじさんの考えは古い。閉鎖的だ」と一蹴され、これにカチンと来てしまい、互いに口角泡を飛ばすこととなった。

「いやいや、こっちはもう気にしてねえから」

嘘だった。本当はまだ気分を害していた。

「あのあとおれも息子と散々やり合ったよ。おめえは三十にもなって目上の人に対する口の利き方も知らねえのかって」

「そんなのはいいんだけど、ただやっぱり慰霊祭を縁日のようにするってのはさ。まあ、もう何を言っても仕方ねえんだけども」

結局、幹一のほかにも反対派の人は少なくなかったが、意外なことに賛成派も多く、多数決の結果、青年団の意向に沿う形で行われることが決まったのである。

「ところでマルちゃん自身はどう思ってんのよ」

「おれ？　おれはその……うーん」

「なんだよ、歯切れ悪りぃな。賛成なのか」

「まあ、うん。賛成」

「あ、そう」

「いや、幹一さんの気持ちはもちろんわかるよ。実際に身内を亡くした人たちからすれば、慰霊祭を軽んじられてるような気がしちまうからね。でも、息子を庇うわけじゃないけど、雄介や青年団に慰霊祭を軽んじる気持ちなんてまったくないのよ。むしろどうやったら震災を知らない子どもらや、他所の人たちに当時のことを知ってもらえるかって、あいつらなりに真剣に考えて――」

それは幹一もわかっているつもりだ。いうなれば青年団は過去ではなく、未来を見ているのだろう。

「そう、あいつらは未来を見てんのよ。来年で東日本大震災から十二年が経つだろう。もうそろそろ湿っぽい感じでやんなくてもいいんじゃないかって、それについてはおれもそう思うのよ。亡くなった人たちも、人がたくさん集まってくれて、子どもらがはしゃいでくれた方がうれしいんじゃないかってね。あ、もちろん、静粛にやるところは静粛にやって、そのあとに楽しく――」

ただ、それでも幹一は釈然としなかった。どうしても気に入らなかった。

「幹一さん、おれはね、雄介や青年団がああやって、この町を盛り上げようとしてくれてんのがうれしいのよ。あいつら、この町は年寄りばっかだからおれらががんばらないといけねえって言ってさ、みんな一生懸命なんだよ。役所の地域振興課なんかとも連携取って、どうやったらこの町を再興できるかって、足りない頭で知恵を絞ってんのさ。多少強引なとこはあっけど、そういう若いヤツらの気持ちを汲んでもらえんもんかな」

「汲むも何も、もう決まっちゃってるじゃねえか」

「そらそうだけど」

「だから好きにやったらいいさ。ただ、おれは成功しないと思うけどね。こんななーんもない町、人が集まりっこねえもん。祭りをやろうが何をしようが無理だべ」

「だから最初からそう言わねえでやってよ」

「無理なもんは無理さ。これまでだって散々失敗してきたんだから」

この町は幹一たちが幼い頃から、商業施設やレジャー施設を造るなどして人の誘致に積極的だったのだ。だがすべて振るわず、結局誰もやってこなかった。逆に若い人を中心に年々人口は減りつづけ、とりわけ震災以降は過疎化に拍車が掛かっている。

正直、この町に将来性はない。

それでも幹一が留まっているのは、この三陸の海に妻と両親が眠っているからだ。彼らが愛したこの町を捨てることはできない。

「それはそうとマルちゃん、ヒロくんから聞いたけど、今週末都合が悪くなったんだろう。どうしたのさ」

幹一が麻雀牌をつまむ仕草をして言った。今週末の夜、飯島とママと丸山と四人で麻雀をする予定だったのだ。

「ああ、ごめん。翌日の朝に仕事が入っちまってさ」

「そんなの別にいいべさ。早めに切り上げりゃいいんだから」

「ダメダメ。そんなこと言ってどうせ夜通しになっちまうんだから。木下さんとこのご夫妻の写真だし、ふらふらでカメラを構えたんじゃ、金返せってどやされちまう」

「なんだ、あの人たち金婚式でもすんのか」

「いいや、遺影を撮ってほしいってさ」

「遺影?」

「うん。二人とも元気なうちに撮っておきたいんだと」

まだ七十を過ぎたばかりなのに、と思ったが、いいことかもしれないと思い直した。人はいつどこで死ぬかわからないのだから。

「やっぱりね、遺影となるとこっちもちょっと緊張すんのよ」

「そういうもんかい」

「うん。皆愛ちゃんにシャッター切ってるときとは全然ちがうさ」

「皆愛にって、そんなの七五三のときの話だべ」

「あ、いや、ええと……だから若い子たちとは全然ちがうって話。じゃ、おれはこれで」

丸山がそそくさと出口に向かった。その背中についていく。

彼は戸口を出たところで振り返り、「そういえば皆愛ちゃん、すごいじゃない。そのうち本当にテレビに出ちゃうんでないの」と言い残して去っていった。

幹一は肩を揉みながら、ふーっ、と息を吐いた。

皆愛は最近、ウェブＣＭとやらに出演したのである。それはユーチューブなどの動画の合間に挟まれるようなもので、皆愛は一瞬見切れる程度にしか映っていないのだが、一応皆愛だとわかる出方ではあった。

これについて皆愛も幹一も他言はしなかったのだが、誰かが気づいたようで、瞬く間に町中の知るところとなった。すると話題の少ない町ゆえ、人がこぞって我が家に押し掛けてきた。皆愛の通う中学校の校長もお祝いを持って家にやってきたくらいだ。

ちなみにその際、皆愛がちょくちょく学校を休んでいることを幹一が詫びると、校長は「そんな謝らんでください。学校なんかより、よっぽどこっちの方が大事ですから。あっはっは」と一笑に付されてしまった。

まったく、教育者ともあろう人間がどうかしている。

店じまいをしたあと、幹一は台所に立ち、夕飯作りを始めた。結子が存命のときは料理などしたこもなかったが、今では主婦顔負けの腕前である。

トントントンと小気味よく包丁を鳴らしていると、柊木から電話が掛かってきた。

「いや、いきなりそったらことを言われても」

幹一は受話器を握りしめて困惑した。

村田皆愛という名前を変えたいというのである。

〈要するに芸名をつけませんかというご提案です〉

「いけねえの、村田皆愛じゃ」

〈いけないなんてことはありません。ただ、皆に愛と書いてミナミというのは誰しもが読める名前ではないじゃないですか〉

「そんなことねえと思うけど。十人いたら九人は読めるべさ」

〈ですからその一人を取りこぼしたくないわけですよ〉

幹一は釈然とせず、小首を傾げた。

「じゃあ、どういう名前だったらいいわけ」

〈まず村田というのはちょっと野暮ったい感じがするので取っ払ってしまって、ミナミだけではどうでしょうか。ただし漢字は愛から海という字に変更します。皆んなの海と書いて、皆海です。海のそばで生まれ育っただけにぴったりだと思うんです〉

「うーん。なんかなあ」

〈気に入りませんか〉

気に入らないに決まっている。皆んなに愛されるようにという願いを込めて、結子がつけた名前なのだ。それをどういう理由があろうが、変えるなんて腹が立つ。

〈別に本名が変わるわけじゃありませんから〉

当たり前だ馬鹿野郎。口の中で言う。

「でも皆愛自身はなんて言うかな」

〈あ、本人はそれでいいみたいです。むしろこっちの方が好きかもって言ってました〉

くっ——。

「あのさ柊木さん、そういう大事なことを保護者のおれより先に本人に伝えるのはどうなのよ。順序がちがうんでないの」

〈お言葉ですが、ぼくは合っていると思います。なぜならぼくがマネージメントをしているのは皆愛ちゃんであって、お父さんではないですから。まずは本人に、それから保護者様に。ぼくはこの順序が正しいと思います〉

どうしてこの若造はこんなにも挑発的なのか。芸能マネージャーという人種はみなこうなのだろうか。

「あんたさ、人から反感を買うことが多くないかい」

〈多いですね。だから保護者様はおろか、所属タレントの多くもぼくのことを嫌っていると思います。でもぼくは誰に嫌われようとも構わないんです。ぼくの仕事はタレントの魅力を伝えることであって、タレントから好かれることじゃありませんから〉

「それは皆愛にもか」

〈ええ。極論はそうです。ただ、ありがたいことに今のところ、皆愛ちゃんからは嫌われてはいない

ようですが〉

たしかに皆愛はこの男のことを妙に信頼していた。二言目には「柊木さんがね――」と言う。

これが何より気に食わない。

〈ところでお父さん、ぼく自転車を買おうと思うんですが、安く売ってもらえませんか〉

「何よ、そんなんでおれの機嫌を取ろうっての」

〈いいえ、本当に欲しいんですよ。というのも、会社が経費を削減しろ削減しろってうるさくて。ただ接待費とかをケチるわけにはいかないし、じゃあ仕方ないからタクシー代なんかの交通費を抑えようかなって。考えてみればこっちだと車より自転車の方が移動も早いし、健康にもいいですしね〉

べらべらとよくしゃべる男だ。

「悪りぃけど、都会の人が乗るような洒落た自転車は置いてねえよ。それに、多少安くしてやったところで東京への輸送費が掛かっから結局は高くつくよ。というわけで、そっちでイイのを買いなよ。それじゃ」

電話を切ったあと、「皆愛、ちょっとこっちに来なさい」と、娘を居間に呼びつけた。

なんとなく説教を始めてしまった。ただ、娘に落ち度がないので、おかしな空気になった。

「勉強もせんで芸能ごっこに夢中になってるようなら辞めさせせっかんな」

こんな理不尽なことを口走ってしまう始末である。なぜなら芸能の仕事を始めて以来、娘の成績は上がっているのだ。

幹一はよけいにむしゃくしゃした。

3

町に師走の冷たい風が吹き、雪の気配が漂ってきた。

この頃、皆愛はますます人気者になっていた。芸能仕事の露出が増えたこともあるが、ツイッター、インスタグラム、ティックトックといったSNSを始めたからだ。

SNSに関して、幹一はこれまで一貫して認めてこなかった。なぜならそういった類のものが大嫌いだからだ。飯島から「んなもん、うちのかみさんだってやってるぞ」と呆れられたが、幹一は頑として考えを改めなかった。

だが、例のごとく柊木からの執拗な説得があり、また皆愛の一般の友達もみんな自分のアカウントを持っていると知って、いよいよ止めることができなくなってしまった。

ちなみに皆愛のSNSは開設した翌日に、この町の人口を超えるフォロワーがついた。

「浮かれるんじゃねえぞ」

幹一はたびたびこんな台詞を娘に浴びせていた。もっとも本人に浮かれている様子はまるでないのだが。

日曜日の午前中、幹一が店先でパンクした自転車のタイヤを補修していると、漁師見習いの薫太がカブに跨がってやってきた。薫太は青年団の一員で、まだ二十歳の若者である。ちなみに彼の祖母は幹一の初恋の相手だ。

「おう薫太。ついに彼女ができたって報告か」

さっそくからかった。この奥手な青年は、これまで彼女ができたことがないのだ。

「ところで慰霊祭の件、中々苦戦してるそうでねえの」

小耳に挟んだところによると、集客うんぬんの前に出店してくれるところがないらしい。みな、人が集まらないイベントに店を出しても無駄だと思っているのだ。

ほうら、だから言わんこっちゃない。幹一は拡声器を通して町中に叫んでやりたい気分だった。

「いやあ、正直きびしいっスね。ここだけの話、雄介さんたちから、おまえが漁協の人たちを引っ張り出して、寿司(すし)や海鮮丼の店を出させろって脅されてるんですよ。少なくとも五店はおまえのノルマだとか言われて、もうむちゃくちゃっス」

「あっはっは」声に出して笑った。「まあ、まだ三ヶ月あんだからなんとかなるべ」

そんな適当なことを言ったあと、「で、何の用だ」と訊(たず)ねた。

「いや、その……皆愛ちゃんいるかなあって」

「いねえよ」

ぶっきらぼうに答えた。皆愛は昨日から泊まりがけで東京に行っているのだ。昨日がレッスンで今日がオーディションなのだ。

「皆愛になんか用があるのか」

訊くと、薫太は顔を赤くして「サインもらえねえかなって」とボソッと言った。

「はあ？　サインだ？」

「はい。おれ、先週出た雑誌の中のグラビアを見て、ファンになっちまって。あ、でも、皆愛ちゃんは村田さんの娘だし、ちっちゃいときから知ってる子だし、だから付き合ってもらおうとかそんなんではなくて――」

「あたりめえだ馬鹿野郎」頭を叩いた。「気持ち悪りぃこと言いやがってこいつ」

「怒らないでくださいよ。村田さんだって、おれに早く彼女作れっていつも言うじゃないですか」

「それとこれとは話が別だ。だいいちおまえと皆愛じゃ年が――ちょっと待って。おまえ、さっきなんて言った？　雑誌のグラビアだとか言わなかったか」

「言いましたけど」

「なんだそれは。おれは知らねえぞ」

「えっ」と薫太が目を丸くし、「これなんですけど」と上着を捲り上げ、ズボンに挟んでいた雑誌を取り出した。

表紙に目を落とす。知らない。皆愛からも、柊木からも聞いていない。

薫太から雑誌を引ったくった。「どのページだ？」

「最後の方です」

高速でページを繰ってゆく。

三秒後、該当のページを発見し、幹一は挙動を止めた。やがて手がぷるぷると震え出した。

「あ、そうだ」薫太がカブの後ろに載せたトロ箱を開ける。「これ、今朝獲れたアイナメとホタテなんですけど、もしよかったら皆愛ちゃんに食わせてやって――」

無視して店の中に入り、ぴしゃりとドアを閉めた。

「雑誌返してくださいよー」

振り返らず、食卓の上に置いてある携帯電話に一直線に向かう。

まずは皆愛に電話をした。が、応答しなかった。

次に柊木に電話をした。彼は出た。

幹一は開口一番、怒鳴り上げ、娘を事務所から退所させると告げた。

〈お父さん、落ち着きましょうよ〉柊木が泰然と言う。〈何をそんなに怒っていらっしゃるんです？〉

「ふざけんなこの野郎。水着のグラビアの件だ」

雑誌には皆愛の水着姿が掲載されていたのだ。扇情的なポーズを取り、小さな胸を無理に寄せている我が娘。世にもおぞましい写真だった。

〈ああ、あれですか。いいスチールですよね。やっぱりあのカメラマンは十代の女の子を撮らせたらピカイチ――〉

「黙れっ。皆愛をヌードなんかにさせやがって。冗談じゃねえぞ」

壁を思い切り殴りつけた。

〈ヌードってお父さん、ただのグラビアじゃないですか。それも爽やかで、元気いっぱいの。この手の水着グラビアは女優を目指す子にとって避けては通れない道なんですよ。今、売れている女優も若いときはみんな――〉

「関係ねえ。どんな理由があろうが、父親のおれに黙ってあんなことをさせていいはずがねえべ」

〈黙って？　おかしいですね。こちらはお父さんから承諾を得て行った撮影なんですが〉

「承諾だと？　いつ誰が認めたってんだ？」

〈先月の九日の水曜日の夜です。ほら、日付を跨（また）ぐかどうかの時間にお電話を差し上げたじゃないですか。お父さんはだいぶ酔っ払っていらっしゃいましたけど〉

思い出した。何時だと思ってるんだと、この男を一喝したときだ。

〈あのとき、ぼくはきちんと伝えましたよ。次は露出の大きい仕事ですからお父さんも期待していてくださいねって〉

たしかにそんなことを言われた覚えがある。ただ、幹一はこのように解釈していた。多くの人の目に触れる仕事なのだと。だから、〈本人がやりたいならいいんでねえの〉と了承したのだ。

「きさま、一休さんのトンチみてえな手を使いやがったな」

柊木の奸計（かんけい）なのは言うまでもない。正攻法だと断られると踏んだから、あのような言い回しをして勘違いをさせたのだ。

〈そんな、言いがかりですよ〉

「どこがだっ。よくもまあ抜け抜けと」幹一は歯軋（はぎし）りした。「もういい。どの道、皆愛は事務所を辞めさせる。芸能ごっこは今日をもって終了だ」

〈待ってくださいよ。本人の気持ちも聞かずにそれはひどいんじゃないですか〉

「おれはあいつの保護者だ」

〈保護者だったら何をしても許されるんですか。まだ未成年とはいえ、皆海ちゃんには人格があり、意思があるんですよ。それを無視するのはいかがなものでしょうか。親の暴挙もここに極まれり――〉

「うるさい。うるさい。きさまとはもう話さん」

〈であれば本人と話してください〉

すると、すぐに〈もしもし〉と皆愛の声が聞こえた。

「皆愛、どうしてお父さんに黙ってた。伝え忘れてたなんて言わせねえぞ」

するると、皆愛はのらりくらりと標準語で言い訳を並べ立てた。事務所に所属して以来、方言や訛り(なま)を直すように柊木に指導されているからだ。

「もう御託はいい。今回ばかりは絶対に許せねえ。おまえ、お母さんに顔向けできっか。ちゃんとがんばってますって胸張って言えっか」

〈言えるよ。胸張って言えるよ〉

「じゃあ、お母さんがあれを見てよろこぶと思うか」

そう告げると、わからないと言われた。

〈だって、わたし、お母さんを知らないから〉

言葉に詰まった。携帯電話を耳に当てたまま、視線を散らす。

〈お父さん〉柊木がまた出た。〈何はともあれ、今回はぼくの配慮が足りませんでした。次回からはもっと事細かに仕事内容をお伝えし、きちんとお父さんの承認を得て――〉

その日の夜遅く、皆愛は東京から帰ってきた。幹一は軽トラックを駆って最寄り駅まで迎えに行き、娘を助手席に乗せた。

家に帰り着くまで、皆愛は一言もしゃべらなかった。俯(うつむ)き、シートベルトを握りしめ、ずっと父親の唾を浴びていた。

4

年が明け、二ヶ月が経ち、三月に入った。もう雪は降らないものの、まだ町には積雪が多く残っており、路面は凍結している。さすがにこの状況で自転車に乗る阿呆はいない。だから自転車は売れもしないし、修理の依頼もない。

村田サイクルは暇だった。毎年冬の時季は時間を持て余すのだ。

だが、幹一は家の中でひっそりと過ごしていた。おもてに出れば誰しもに声を掛けられ、娘の話をされる。これが煩わしくて仕方ないのだ。

今や皆愛は世間から知られる存在となってしまった。ダンスをしながらお菓子を食べるという製菓会社のテレビコマーシャルに起用されたのだが、これが話題を呼び、同世代の少女がこぞって皆愛の模倣をした動画をSNSに上げているからだ。

これによって我が娘は一躍、時の人になってしまったのである。

こうなると、次々と仕事のオファーが舞い込んできた。ドラマ、映画、イベント、広告、マネージャーである柊木の携帯電話は鳴り止まないという。

ついこの間まで娘は田舎に住むふつうの中学生だった。地元民以外、誰も娘のことなど知らなかった。それがわずか一年足らずでこんなことになってしまうのだからわけがわからない。

幹一はついていけなかった。理屈では理解できても、心が追いつかなかった。

おれの娘はそんなにすごい女の子なのだろうか。いったいほかの子と何がちがうのか。

これを考えるたびに幹一は落ち込んでしまう。誰よりも娘の魅力を知っているつもりだったのだ。

その日の夜遅く、青年団の連中がこぞって我が家にやってきた。何事かと幹一は慌て、とりあえず「寒みぃから入れ」と仏間に通した。部屋が一気にすし詰め状態となる。

「おれらの話をちょっと聞いてほしいんだ」

マルヤマ写真館の丸山の息子、雄介が重々しく口を開いた。

はたしてその話とは、来週に控えた慰霊祭の件だった。彼らの努力の甲斐あって、出店は望んでいた数が埋まったそうなのだが、PRが上手くいっていないのだという。要するに、このままでは肝心の集客が見込めないということらしい。

「だから言ったべや。こんなところに人が集まる道理がねえって」つい要らぬことを口にしてしまう。

「けど、まだ蓋開けてみなきゃわからねえべ。当日になってみたら案外、人で溢れてるなんてこともあるんでねえのか」

「いや、ねえ」雄介が下唇を噛んだ。「というのも――」

先月、近隣地域の家庭に投函したチラシに、当日のおおよその参加人数を把握したいから、QRコードを読み込んで参加人数を登録してほしいといった趣旨の記載をしていたのだが、現時点で百にも満たない数しか集まっていないのだという。

「ああ、あれか。あんなもんアテにならねえべ。そもそもどうしてあんなことをすっかねえ。だって大半がジジババなんだぞ。QRコードって言われてもなんのこっちゃわかんねえって」

「うん。今思えばそうだし、反省してる。逆にあんなもんを作っちまったばかりに、登録をしないと参加できねえみたいなふうに捉えられちまって――」

聞いているだけで気が滅入ってきた。

「これこそまさしく後の祭りだな」ため息と共に言った。「でもよ、そんなもん登録せんでも来てくれる人もいるべや。多少はな」

「多少じゃダメなんだ。予算も目一杯使っちまってるし、いろんな人に無理言って協力してもらってっから、何がなんでも失敗するわけにはいかねえんだ」

「そったらこと言ったって、今さらどうしようもねえべ。こっからやれるだけのことやるしかないんでねえのか」

「うん。だからこうして相談に来た。恥を忍んで言う。村田のおじさん、おれらに力を貸してくれ」

リーダーの雄介が畳に両手をついて言い、ほかの者もそれに倣った。

「ちょ……なんだよ。おれにどうしろってんだよ」

「娘さんを貸してほしい」

「へ？」

「皆愛ちゃんに慰霊祭の宣伝をしてもらいてえんだ。そうすれば彼女に会えると思って、当日は大勢の人が集まると思うんだ」

「…………」

「もちろんタダとは言わねえ。少ないけど、これでなんとかお願いできねえだろうか」

茶封筒を差し出された。

これを幹一は手で弾き飛ばした。

「帰れ」

「おじさん」

「帰れ」

「頼む。この通りだ。このままじゃ当日は目も当てられ――」

「うるさいっ。帰れっ」

立ち上がって一喝すると、青年団の連中は肩を落として去っていった。

途端に仏間がしーんとなる。

それから幹一は何をするでもなく、畳の上で背中を丸くしていた。

二階から微かに声が聞こえてきた。娘の話し声だ。もっとも相手はいないので、なんらかの台詞の練習をしているのだろう。

娘は昨日、久しぶりに我が家に帰ってきた。今では月の半分以上を東京で過ごしているのだ。

そして明日の早朝、彼女は再び新幹線に乗る予定になっている。

仏壇に目をやった。写真の中の結子は相変わらず、涼しげに微笑んでいる。


それから一週間が経ち、三月十一日を迎えた。

この日は早朝から町が騒々しかった。

駅にはふだん見慣れないタクシーがわんさかと並び、通常は二時間に一本しか走らないバスも十分間隔で臨時運行した。旅館や土産物屋はここぞとばかりに張り切り、軒先で声を嗄らしていた。

慰霊祭のメイン会場となる神社周辺には、醬油やソースや砂糖の匂いを漂わせる露店がひしめき、黒山の人だかりができていた。

「はーいそこの人ー。危ないから走らないでくださいねー」交通整理に駆り出された警察官が拡声器を通して言う。「走らないでって言ってるでしょー」

「とんでもねえことになっちまったな」となりを歩く床屋の飯島が呆れ気味に言い、首に巻いているマフラーを外した。「今日は十度超えだな」

実際の気温は六度なのだが、たしかにあまりの人いきれで、暑さを感じるほどだった。

「ねえ、焼きそばもう売り切れだって」と頬を膨らませてやってきたのはルージュのママだ。「どうしてもっと仕込んでおかないのよってテキヤに文句言ったら、今から急遽製麺を寄越してくれるところを知らないかって泣きつかれちゃった」

その後、たこ焼きと焼き鳥をなんとか入手し、三人はそれを持って海を目指した。おじさんおばさんにこの人混みの中を長時間は耐えられない。

堤防に並んで腰掛け、ママが持参した水筒から日本酒の熱燗をクリアカップに注ぎ、ささやかな乾杯をした。

「すげえな、カンちゃんの娘は。ほんと、すげえ」

飯島が白い息と共にしみじみと言った。

「別に皆愛だけのおかげじゃないべ。大半の人は皆愛のことなんて知らねえだろうしさ」

「でもきっかけを作ったのはあの子じゃない」ママがそう言って焼き鳥を頬張る。「皆愛がたくさん宣伝してくれたから、たくさんの人に知ってもらえたんだもの」

この一週間、皆愛は自身のＳＮＳを通して、連日この慰霊祭のＰＲをした。するとこれが拡散され、おもしろい取り組みをしている自治体があるということで、東京のテレビ局が取材に来てくれた。それが放送されたことで全国的に我が町の慰霊祭は注目を集めたのだ。

ちなみに皆愛自身もこの慰霊祭に参加していて、今は柊木と共にどこかにいるはずだ。

「人生って、つくづくわからねえもんだな」

幹一は日本酒を舐めたあと、そんな言葉を吐露した。

「まさか自分の娘がこんなふうになるだなんてよ、こっちは想像すらしてねえ」

「そりゃそうだ」

「修学旅行に行って、たまたま芸能界の人に声掛けられてよ、あれよあれよという間にこうだ。神様はどうして皆愛と柊木を引き合わせたのかねえ」

そうボヤくと、飯島とママが顔を見合わせ、そして二人同時に肩を揺すった。

「なんだよ」

「ママ、もういいと思うか」

「うん。もういいんでないかい」

「何がもういいんだ」二人の顔を交互に見た。

「皆愛ちゃんと柊木さんが会ったのはたまたまじゃねえ」

飯島が目尻を下げて言い、幹一は眉をひそめた。

「皆愛ちゃんは自分から芸能プロダクションに応募したんだ」

「へ？」

「おれがヘアセットして、ママがメイクして、マルちゃんが写真を撮ってさ、それを履歴書に貼っつけてプロダクションに送ったんだ。そうしたら面接に来てくれってなってさ、でも東京なんかに簡単に行けねえだろう。だから皆愛ちゃんは修学旅行を利用して、先生の目を盗んでこっそり面接に向かったんだよ」

まるで意味がわからなかった。上手いこと思考が巡ってくれない。

「クラスメイトたちにも協力してもらったみたいでな、みーんな快く引き受けてくれたそうだ。みんなあの子の夢を応援してあげたかったんだろうな」

「ちょ、ちょっと待ってくれ」幹一は立ち上がって言った。「聞きたいことはいろいろあっけど、まず夢ってなんだ。だって、皆愛は昔から看護師さんになりたいって——」

「ちがうのよ」ママが遮って言った。「それは皆愛がお父さんのために用意した建前の夢なの。あの子の本当の夢は女優さん。幼いときからずっとそう」

幹一は開けた口を閉じられずにいる。

「女優さんになるってことはこの町を出て、東京に行くってことじゃない。そうなったらカンちゃん、悲しむでしょう。だからあの子は本心を言えなかったのよ」

中々言葉が出てこない。ようやく絞り出した言葉は「ウソだべ」だ。

「ほんと。本当の夢を知られたらお父さんを悲しませるし、反対されるからって」

「べ、別に反対なんて……最初から素直に言ってくれてりゃおれだって……」

「どうかしら。まあ最初は応援したかもね。だって女優さんになりたいだなんて言われたってリアリティがないものね。でも、それが現実味を帯びてきたらまたちがうでしょう。実際にカンちゃん、快く思ってなかったじゃない」

「そりゃあ、だってよ……」

「あの子は本気だったのよ。なりたいなとか、なれたらいいなじゃなくて、絶対になるつもりだったから、お父さんに黙ってたのよ」

幹一は両手で頭を抱え、慌ただしく視線を散らした。まだ状況が呑み込めないのだ。

「何はともあれ、なし崩し的に活動を認めてもらうって戦法を皆愛ちゃんは取ったわけだ」飯島が煙草に火を点けて言った。「最初にそれを聞かされて、おじさんたちも協力してくれって言われたときはおれもどうかと思ったけどさ、けど結局、皆愛ちゃんの思い描いていた通りに事が進んだわけだろう。まああっぱれあっぱれだわな。おれが皆愛ちゃんをすげえ、すげえって言うのは、夢を叶えたこともそうだけど、それ以上に――」

頭の中がしっちゃかめっちゃかだった。どういう感情を持てばいいのかわからない。

「カンちゃん、これまで黙っててごめんな。それと、皆愛ちゃんを叱らないでやってくれ。あの子がなんでこんな回りくどい手法を取ったのか、今ならわかるだろう。お父さんにはわたししかいないからそばにいてあげたい、けど自分の夢も捨てきれない。皆愛ちゃんはその狭間でずっと葛藤してたんだ」

幹一は頭を抱えたまま天を仰いだ。日を浴びた海鳥たちがぐるぐると空を旋回している。それはまるで幹一の脳内を表しているかのようだった。

そこに、「ああ、いたいた」という声が聞こえてきた。目をやれば、金色の長髪に小洒落たロングコートを羽織った柊木が、こちらに手を振りながら歩いていた。

「ああ、飯島さんとママさんもご一緒でしたか。どうもご無沙汰しております」

柊木が二人に向けて頭を垂れた。

幹一は驚いて飯島とママの顔を見た。

「おれら顔見知りなんだよ」と、飯島がニヤニヤして言う。「カンちゃんの家にこの人が初めて訪ねてきた日があんだろう。そんときにご丁寧におれらのところにも挨拶に来てくれてさ」

「いやあ、我々はチームですから当然です」と、柊木も白い歯をこぼす。「少しばかり村田さんをお借りしても」

「どうぞどうぞ」とママ。

柊木に連れ出され、堤防を越え、砂浜に足を踏み入れた。波打ち際を二人並んでゆっくりと歩いていく。

何かしら用件があるのだろうが、柊木は、「やっぱり東北の冬の海は冷えますねえ」とか、「こんなところまで祭りの喧騒が聞こえてきますねえ」などと、どうでもいい話をするだけで中々本題に入ろうとしない。

幹一は幹一でこの男に訊きたいことは山ほどあるのだが、何から切り出せばいいのかわからず、適当な相槌を打つばかりだ。

やがて、「おい、どこまで歩くんだ。北海道まで行っちまうぞ」と幹一は足を止めて言った。

柊木は一度振り返ってから、海の方に身体を向けた。

そして目を細め、その口を開いた。

「皆海がうちに面接にやってきてくれたとき、どういうわけかぼくには彼女の将来が見えたんです。そういうの、初めてのことだったんです。もしかしたらこの子はイケるかもなとか、そういう曖昧な未来ではなく、女優として大成している画がはっきりと見えたんですよ」

彼は静かなトーンで唇を動かしている。

「だから、この子に懸けたいと上の人たちに直談判しました。しかし、これがことごとく反対をされましてね。あまりにコストが掛かり過ぎるからって」

「そうなのか」

「ええ。ふつうはレッスンやオーディション程度で、地方の子を何度も東京に呼ぶことなんてできません。芸能プロダクションは世間が思うほど潤沢な資金があるわけじゃないんですよ」

知らなかった。みんなそうしてもらえているものだと思っていた。

「ぶっちゃけた話、現時点でもまだ赤字なんです。それもだいぶ」と、柊木が肩を揺する。「でも、それだけの価値がある子なんです。皆海は」

幹一は柊木から視線を外し、彼と同じく海を見た。

「おれにはよくわからんな」

「そうでしょう」

やや沈黙が流れたあと、「あ、そういえば今皆愛はどうしてるんだ」と思い出したように言った。

「屋台でも覗いてるんじゃないですか。お腹空いたって言ってたし」

「ってことは一人なのか」

「ええ。そうです」

「そうですって、見つかったら人が群がっちまうだろう」

「いいじゃないですか、群がられて」柊木は澄まし顔だ。「これは仕事じゃなく、あくまで彼女がプライベートで参加している催しなんですから、そんなところにマネージャーは要りません。写真を撮るのも自由、握手をするのも自由。そういう親しみやすい存在でいいんです、皆海は」

「そうは言ったって……」

「仕事としてきっちり対応しますか。だとすると、この町にギャランティを請求することになりますけど。今日の稼働、これまでのＰＲの数々、ざっと見積もって三桁は確実でしょうね」

「いや、それはさ――」

「冗談です。仮にお仕事としてお父さんから依頼があっても、お金など受け取れませんよ。だってそうでしょう。彼女はこの町で生まれ育ったんです。当然、震災も他人事ではありません。皆海ではなく、村田皆愛として協力するのは当たり前のことです」

意外な言葉を発した男をまじまじと見た。海風が彼の金色の髪を横に靡かせている。

「今の話と矛盾するようですが、彼女をきっかけに多くの人がはるばるこの町にやってきて、お金を落としたでしょう。それぞれの顎足枕、はたまたお土産など、その経済効果は計り知れません」

たしかにそうだろう。ただ、それを生み出したのが我が娘だと言われると、気が遠くなってしまう。

「皆海はそうした経済の渦にこれからどんどん巻き込まれていきます。そうなればおかしな連中も近づいてくることでしょう。ただ、ご安心を。ぼくが命を懸けて、全力で守りますから」

「………」

「彼女はただひたすら目の前の芸道に集中していればいい。それが結果として多くの人の心を打ち、明日への活力を生み出し、そしてまた経済に繋がる――皆海はこの循環を生み出せる存在なんです」

幹一は再び海に向かって、ふーっと長い息を吐いた。

「あんた、初めて会ったとき言ってたな。皆愛がこの国に光を灯し、多くの人を救うんだって。あれはそういう意味か」

「ええ。そうです」

今度は、はあーっと大きく息をついた。

「おれの娘はそんなすごい人間なんだな。父親にはさっぱりだ」

「仕方ないですよ。誰よりも近くにいるんですから」

「今じゃおれよりあんたの方が近くにいるだろう」

「かもしれませんね」

きっとこれからはもっと差が出るのだろう。

そこからはしばらく互いに口を利かなかった。ただ寄せては返す波を二人で眺めていた。

「柊木さん」

幹一はふいに名を呼んだ。そして彼に向かって正対した。

唇が震えた。手も震えた。視界がじわっと滲(にじ)んだ。

「む、娘を、娘を……よろしくお願いします」

声を震わせて告げると、柊木は姿勢を正し、深々と腰を折った。

そのとき、スピーカーを通して町内アナウンスが流れてきた。それによると、まもなく黙禱(もくとう)の時間を迎えるとのことだった。

幹一は腕時計に目を落とした。

十四時四十六分――。

《黙禱》

その瞬間、遠くで聞こえていた喧騒がぴたりとやみ、潮騒（しおさい）のみが残った。
幹一は瞼（まぶた）の裏で、妻にそっと語りかけた。
結子。見てるか。おまえの娘はすごいぞ――。

初　出
「小説宝石」

「クランクアップ」
2019年12月号

「ファン」
2020年10月号（「たとえ火の中、水の中」改題）

「いいね」
2021年12月号

「終幕」
2022年12月号

「相方」
2022年6月号

「ほんの気の迷い」
2023年10月号

「娘は女優」
2023年4月号

染井為人（そめい・ためひと）

1983年千葉県生まれ。芸能マネージャー、舞台演劇・ミュージカルプロデューサーを経て、2017年『悪い夏』で横溝正史ミステリ大賞優秀賞を受賞してデビュー。脱獄した少年死刑囚の逃亡の日々を描いた『正体』はドラマ化され話題に。2024年の映画公開も決まっている。ほかに『正義の申し子』『震える天秤』『海神』『滅茶苦茶』『黒い糸』など。

芸能界（げいのうかい）

2024年２月29日　初版１刷発行

著　者　染井為人（そめいためひと）
発行者　三宅貴久
発行所　株式会社 光文社
〒112-8011　東京都文京区音羽1-16-6
電話　編　集　部　03-5395-8254
書籍販売部　03-5395-8116
業　務　部　03-5395-8125
URL　光　文　社　https://www.kobunsha.com/

組　版　萩原印刷
印刷所　萩原印刷
製本所　ナショナル製本

ISBN978-4-334-10228-9